¡Sí, mi capitana!

La leyenda del monstruo marino

Diana Gutiérrez

☠ ☠ ☠

Primera edición: Abril de 2016

Web de la autora: http://www.dianagutierrez.net/
Web de la ilustradora: http://prez.artstation.com/

www.editorialcafeconleche.com
www.facebook.com/edcafeleche
www.twitter.com/edcafeleche

ISBN: 978-84-945160-0-9
Depósito legal: B 8646-2016

¡Sí, mi capitana!

La leyenda del monstruo marino

Diana Gutiérrez

Ilustraciones de Sara Pérez

café frappé

«Cuenta la leyenda que los mares del Caribe estuvieron poblados por los personajes más pintorescos durante los siglos XVII y XVIII [...]. Entre ellos, los piratas eran de los más temidos y a la vez los más fascinantes. Se dice que la famosa pareja de piratas compuesta por Jack Rackham y Anne Bonny, descrita ya en Johnson, 1724: 75, celebró a bordo de su barco una orgía compuesta por nada más y nada menos que 70 personas entre mujeres indígenas y marineros. Otro rumor fue que Mary Read, quien viajó durante un tiempo con ellos disfrazada de hombre, logró ocultar su sexo en algunas de las situaciones [...] más comprometidas imaginables».

C. L. Dodgson, *Una historia jugosa de la piratería* (1876)

1

☠ ☠ ☠

Los piratas habían caído sobre ellos por sorpresa. Habrían tenido tiempo para evitarlos, quizá, si hubieran actuado apenas el vigía dijo: «¡Barco a la vista!», pero el capitán había reaccionado con su flema habitual. Tomó el catalejo y observó. La figura sobre las aguas apenas se distinguía a través del banco de nubes.

—Parece un barco mercante —afirmó—. Esperaremos hasta que veamos las cosas más claras. Quizá podamos cambiar algunos arenques ahumados por algo de rapé.

El rapé tenía la culpa de todo, pensó Mary Read mientras subía a toda prisa las escaleras a cubierta. Nunca, jamás en su vida, pensaba fumar, y su padre había hecho bien advirtiéndole de los vicios del tabaco desde una edad muy temprana. De otro modo, seguramente se habría sentido tentada a probarlo… igual que otras cosas.

Delante de ella se abrió una puerta con violencia y un soldado de uniforme azul emitió el último gemido mientras caía hacia atrás. Mary dio un grito y se apartó. El cuerpo del soldado la rozó y se deslizó hacia abajo por las escaleras, empapando la pared y el suelo con su sangre.

Desde cubierta, alguien emitió un sonido de victoria mitad humano, mitad animal; Mary miró hacia arriba y se encontró con los ojos de un ser innombrable, tosco y mal afeitado, con un pañuelo ceñido a la cabeza y gruesas cadenas de oro salpicadas de sangre en torno al cuello. Con horror, Mary distinguió la lascivia en aquellos ojos.

Entonces se oyó un disparo y Mary gritó por segunda vez cuando los ojos se volvieron vidriosos y el pirata cayó hacia adelante, directamente sobre ella. Mary sintió el último estertor del hombre contra su pecho mientras se apartaba del cuerpo y lo dejaba caer sobre el del soldado. Para todo lo que había acariciado la idea en los últimos meses, besando a un joven abogado aquí y dejándose tocar por un mozo de las caballerizas allá, no había esperado que la primera vez que tuviese un hombre encima fuera tan desagradable.

—Vengan por aquí, rápido. —El contramaestre del barco asomó la cabeza por la puerta.

Su pistola todavía humeaba y tenía la amplia frente empapada de sudor. Mary se apresuró a recogerse la falda para sortear los cuerpos y subir los últimos peldaños. Tras ella, su padre resoplaba y gemía. Mary sabía que no estaba hecho para esas cosas; era un hombre tranquilo, bien entrado en los cuarenta, que se pasaba el día entre astrolabios y pergaminos con cálculos matemáticos.

En cubierta los hombres luchaban por doquier. Mary vio a varios soldados de la Armada combatiendo contra un grupo de hombres en camisa, uno de ellos descalzo; escuchó otro grito y vio derrumbarse contra la borda al cocinero, que les había servido el desayuno ese mismo día.

—Señorita, ¡no mire! —la regañó el contramaestre—. Corra por el lateral hasta popa y no se detenga. Sir Read, ¿se encuentra usted bien? ¿Cree que podrá hacerlo?

Sir Read, el padre de Mary, se llevó la mano al pecho entre jadeos.

—Creo… creo que sí.

—Inténtelo. Allí los espera el capitán. —El contramaestre se deshizo de un pirata de un gallardo golpe de sable—. Yo me reuniré con ustedes en breve.

Mary compartió una mirada angustiada con su padre. Por alguna razón, supo que había algo de despedida en ella: un deseo sincero de que el otro se encontrara a salvo, al margen del destino que cada uno pudiera sufrir.

Ambos echaron a correr con la cabeza baja. De pronto, un pirata se interpuso entre ellos. Mary lo esquivó y siguió corriendo, pero, al girar la cabeza, vio que su padre no había tenido tanta suerte. El pirata lo había acorralado; un oficial de la marina vino en su defensa. A trompicones, Sir Read logró apartarse de ambos.

—¡Padre! —gritó Mary.

Sintió unos brazos fuertes que la sujetaban por detrás y la levantaban por los aires. Gritó y pateó, pero sin éxito. Finalmente inclinó la cabeza y mordió la mano morena que la sujetaba; alguien soltó un juramento y la lanzó contra el suelo. Mary se golpeó la cabeza contra un hierro y por un instante no vio nada; luego, poco a poco, volvió a recordar dónde estaba.

Se puso en pie como pudo y, sorteando charcos de agua y sangre, se dirigió a donde pensaba que estarían los botes de salvamento, pero había demasiada gente en medio. Entre brazos y espadas levantadas, logró distinguir la mano de su padre, que la llamaba desde la chalupa del capitán. Escuchó gritos y un disparo…

La muralla humana se agitó como una ola y se arrojó sobre ella.

2

☠ ☠ ☠

—Y bien, Klaus, ¿qué noticias tenemos hoy? —preguntó el gobernador.

El vicegobernador Klaus guardó silencio. Sabía que aquello no era más que una pregunta retórica en el conjunto de actividades de aseo semanal del gobernador. Los jueves solía enfrascarse en cuidados tan estrambóticos como un baño en una tina de agua caliente y una limpieza de orejas mientras la esclava más bella le cortaba las uñas. Klaus se ensalivó un dedo y pasó la página del periódico *Colonies Daily* para leer la sección de deportes, mientras el gobernador le dirigía una mirada inquisitiva.

—¿Klaus?

—¿Sí, excelencia?

—Te he hecho una pregunta.

—Ah. —Klaus se resistió a dejar a medias la noticia sobre el estupendo gol de Lionel Bessie—. No hay muchas novedades. Un enfrentamiento con un galeón español en el Estrecho de los Vientos, frente a las costas de Tortuga. Fue interrumpido por la aparición de diplomáticos franceses, que hábilmente lograron desviar la conversación a los enredos de cama de Felipe V y si es cierto o no que el Animosísimo no puede pasar sin sexo ni un solo día.

—¿Cómo acabó la cosa?

—Creo que se emborracharon en la isla y cada bando cantó su versión de *Mambrú se fue a la guerra* hasta quedarse afónico. En cualquier caso, los ingleses se retiraron cuando sonó la campana de la taberna.

—Bien. —El gobernador levantó un pie desde la tina de agua, que la esclava tomó entre sus manos y masajeó—. ¿Qué hay del comercio?

—A Maguana arribó una nave cargada de trigo, joyas y cerdos. Por ese orden —contestó Klaus de mala gana, mientras trataba de seguir con un ojo la noticia del gol—. Decían que sus productos provenían del comercio legal, pero varios reconocieron en ellos las posesiones de una familia noble que se había asentado en Bahamas hacía ya varios años. Habían tratado bastante mal a sus esclavos, así que el trigo se vendió, las joyas se repartieron y los cerdos se los enviaron de vuelta junto con un montón de esclavos cabreados. Parece que, ahora, el cerdo que está en el rol de cabeza de familia lo hace bastante mejor.

—Interesante. ¿Y la piratería?

Klaus suspiró.

—Sin noticias reseñables. Bueno, quizás una: Calicó Jack y su amante abordaron un buque de la Armada…

—¡De la Armada!

El gobernador se irguió, desnudo, y la esclava se apresuró a cubrirlo con una toalla de paño. Klaus lo miró por encima del periódico.

—Eso es grave —dijo el gobernador mientras la esclava lo frotaba como a un pollito—. Ningún pirata había sido tan temerario hasta ahora. ¿Cuál fue el resultado?

—Perdieron a casi todos sus hombres y hundieron el galeón.

—Ah, menos mal.

—Me refería a la Armada, su señoría.

El gobernador abrió la boca para contestar, pero no pudo. La esclava se hizo un hueco discretamente para secar las partes pudendas del gobernador; Klaus volvió a echar un vistazo al cuerpo voluptuoso y arrodillado de la muchacha y deseó estar en el lugar de su jefe. Con semejantes alicientes, hasta él se daría un baño cada semana.

—¿No sería ese barco el que llevaba a bordo al famoso científico, Marcus Read?

Estaba visto que no le iban a dejar leer, pensó Klaus. Dejó el periódico a un lado y se puso a cargar una pipa.

—Aún no está claro, ilustrísima. He enviado mensajes por el servicio de Gaviotorreos a las islas cercanas, pero tardarán en contestar. El servicio tiene muchísimos usuarios estos días y está colapsado. Aun tras la repoblación, aseguran que no hay suficientes gaviotas en todo el Caribe para hacer frente a la demanda, pero puede ser que nos equivocáramos con la concesión.

—Me pregunto —dijo el gobernador, que cogió sus doradas lentes de la mesa y se las puso en equilibrio sobre la nariz—, si los muy bribones no se habrán enterado de la misión que le había encomendado su majestad. Semejante descubrimiento no puede caer en las manos de unos asesinos salvajes. Tenemos que pararles los pies lo antes posible.

—¿Cómo sugiere hacerlo? Le recuerdo que los fondos no están últimamente para grandes alegrías.

Otras esclavas habían entrado en la habitación y estaban recogiendo la tina de agua del gobernador. Klaus observó los grandes y bamboleantes pechos de una mientras se agachaba y llegó a la conclusión de que no valía la pena pasarlo tan mal todos los jueves solo por la esperanza de conseguir un aumento de sueldo. Él sí que necesitaba una alegría, antes o después. Por su parte, el gobernador seguía pensando.

—¿Cuál es el nombre de ese cazarrecompensas? El que apresó a Charles Vane antes de caer en desgracia.

—Barnet, su gracia. Capitán John Barnet.

—Ofrécele una recompensa de trescientos reales de a ocho si nos trae la cabeza del pirata... ¿Qué pasa? ¿Hay algún problema?

—Señor, por ese dinero yo no le traería ni una ceja.

—¡Oh! —El gobernador se dejó caer en una silla; las gafas le resbalaron por la nariz y, por un instante terrible, Klaus tuvo una visión de unos testículos gruesos y peludos y un pene que apuntaba hacia él, pero el gobernador se colocó bien la toalla y el horror disminuyó—. Bueno, está bien. ¡Que sean dos mil! Enviaremos un mensaje a su majestad, tendrá que entenderlo. ¿Puedes encontrar a ese Barnet?

—Su magnificencia —Klaus contuvo una sonrisa y se levantó—, confíe en mí: no me llevará más que unas horas.

Hizo una reverencia, encendió la pipa y salió de los aposentos del gobernador con ella en la boca, canturreando entre dientes, satisfecho de haber concluido la reunión y poder dedicarse a asuntos más urgentes.

3

☠ ☠ ☠

Cuando Mary Read despertó, un rayo de sol le daba directamente en la cabeza. El cielo, que había amanecido nuboso, estaba ahora despejado y un azul casi insultante se extendía de horizonte a horizonte. Mary se giró y levantó un brazo para protegerse del sol. Notó que el suelo se movía bajo ella y se incorporó.

Ahogó un grito.

Se encontraba en una jaula de hierro suspendida a más de veinte metros del suelo. No reconocía el barco a sus pies; tras unos segundos, se dio cuenta de que se trataba del bergantín pirata, por cuya cubierta pasaban algunos hombres, pequeños como hormigas.

Sintió vértigo y se agarró con fuerza a los barrotes de la jaula. Vio entonces la ondeante bandera negra casi a su altura, con una calavera y dos sables cruzados debajo, y tuvo ganas de vomitar.

—¡Socorro! —gritó sin pensarlo—. ¡Que alguien me ayude, por favor! ¡Auxilio!

Le llegó un cloqueo de abajo. Parecía que los piratas se estaban congregando bajo su jaula. Fue consciente de que había perdido algo de ropa desde su desmayo. Alguien se había llevado su vestido, dejándole solo el camisón interior y las gastadas medias grises. Para Mary, aquello era casi más obsceno que encontrarse desnuda, y se deshizo en sollozos.

—¡Nadie va a ayudarte! —berreó alguien.

¿Qué habrá sido de mi padre?, se preguntó Mary, mientras las lágrimas corrían por sus mejillas. *¿Estará bien? ¿Habrá logrado escapar?* Menos mal que no podía verla en su actual situación; aunque siempre había sido comprensivo con ella, estaba segura de que, una vez más, atribuiría sus circunstancias a su alocada sangre materna. ¿Y si lo que le ocurría era todo un designio divino, un castigo por su comportamiento indecente? *¡Pero no quise hacer daño a nadie!* De hecho, había hecho feliz a más de uno…

Sintió movimiento a su derecha y se llevó un susto tremendo cuando miró y vio a su lado un rostro de color café con leche, con labios gruesos y una negra cicatriz de la frente a la barbilla.

—¿Quién eres? —balbuceó.

—Soy Nadie.

Mary se quedó perpleja mientras Nadie trepaba como un mono a la parte superior de su jaula e intentaba desatar los nudos de las cuerdas que los sostenían.

—Ese desastre de Knotman —gruñó—. Esto se acabó. En la próxima votación propondré acabar con la contratación de personal nuevo a distancia.

Mary observó cómo el hombre sacaba una daga de la cintura. Pensó que no se atrevería, pero el pirata se sujetó al techo de la jaula y, con un par de cuchilladas, cortó una de las cuerdas. Mary emitió el grito más agudo de su vida mientras se precipitaba al vacío; la velocidad la empujó hacia arriba y se encontró flotando en el aire, mirando directamente a Nadie. El rostro del mestizo era severo, pero en sus ojos brillaba una chispa de diversión.

Con una sacudida, la jaula aminoró su caída y descendió los últimos metros hasta posarse suavemente en cubierta. Nadie bajó al suelo y Mary, jadeando, se quedó tumbada hecha un guiñapo. Los piratas se arremolinaron alrededor de los barrotes; Mary pensó que eran como lobos acechando un cordero.

—¡Qué linda es! Tiene el pelo oscuro y frondoso, como a mí me gusta —dijo un pirata grueso y colorado.

—No puedo creerlo, compañero. Tienes a una mujer medio desnuda frente a ti, ¿y te fijas en el pelo? —A su lado, un pirata con el rostro surcado por cientos de cicatrices soltó algo parecido a una risotada con gotas de saliva, y deslizó la mirada por el cuerpo de Mary—. Lo que de verdad importa de una mujer son los ojos. ¡A mí me pirran los ojos negros!

—Madre mía. Luego soy yo el rosa de pitiminí —añadió un tercero, apuesto y bien plantado, pero con un ceño marcado.

Se oyó un revuelo a sus espaldas y los tres piratas miraron hacia atrás.

—¡Abrid paso al capitán! —dijo alguien.

Los piratas dieron unos pasos hacia atrás para dejar sitio. Delante de Mary apareció el hombre más extravagante que había visto nunca: por su tricornio, negro y emplumado, con el dibujo de una calavera, estaba claro que era un pirata. Sin embargo, su aspecto habría sugerido más bien un artista de circo. Tenía el cabello largo y negro, recogido en varias coletas en torno a su cabeza; un bigote y una barba recortados y aceitados con sumo cuidado; y aunque parecía mayor que ella, su piel, pese a las cicatrices, era tersa y tostada. Pero lo más destacable, sin duda, es que sus ropajes eran de todos los colores. Camisa azul de seda, pantalones naranjas apenas desgastados, cinturón negro y dorado, botas plateadas, una capa roja a los hombros y un chaleco de un color verde tan vivo que Mary creyó que le iban a sangrar los ojos.

El hombre colorido la contempló con unos ojos divertidos del color del café más negro de La Habana. Luego hizo una reverencia tan profunda que su tricornio barrió el suelo.

—Señorita, me alegro mucho de que os encontréis mejor. Permitidme que me presente. Soy el capitán Jack Rackham, también conocido en estos mares como Calicó Jack. Seguramente ya hayáis oído hablar de mí.

Mary negó con la cabeza, tratando de taparse. La sonrisa del pirata se borró.

—¿No? ¿Está segura? ¿Ni un poquito?… En fin, qué duro es este oficio. Le informo, pues, de que soy pirata por vocación y no por necesidad; en particular, las cosas que más me gustan del mundo son las mujeres, la gloria y el dinero. Aunque en ocasiones puede alterarse el orden. —Jack se aproximó un poco más a la celda, puso una larga mano bronceada sobre uno de los barrotes y recuperó su sonrisa seductora—. Desde hace años dirijo a la tripulación de este hermoso bergantín en el que ahora se encuentra, de nombre el *Vanidoso*, y he sobrevivido a motines, ataques de españoles y múltiples mociones de censura.

—La última todavía está pendiente —gritó alguien.

—¡La última se dio por desestimada cuando el candidato de la oposición fue devorado por los tiburones! —ladró Jack—. Así consta en las actas. En fin, señorita, ya le he hablado de mí, pero ¿puedo saber cómo se llama usted?

—Mary —murmuró ella—, Mary Read.

—¡Mary! Qué nombre más bonito —susurró el pirata, que metió la mano por entre los barrotes y tomó la suya—. *Enchanté.*

Mary sintió los labios del pirata en el dorso de su mano y se sonrojó. Aquel gesto era algo más que un beso educado. Los labios de Jack estaban húmedos y suaves, y sintió la punta de su lengua entre los dedos índice y corazón. Algo se despertó por debajo de su camisón y comenzó a sentir un cosquilleo en

11

el vientre; no habría pensado que la sangre materna volvería a fluir tan pronto… y desde luego, no en aquellas circunstancias tan embarazosas.

De pronto se oyó otra voz por encima de las cabezas de los piratas.

—Es la hija del científico, bobo. La escuché llamarle «padre» cuando intentaban huir.

Los piratas miraron hacia arriba; Jack le soltó la mano. Se apartaron, una vez más, para dejar paso a una persona que se descolgaba desde una de las cuerdas de la nave, con un cofre bajo el brazo. Llevaba el mismo tricornio que Calicó Jack y se comportaba con igual arrogancia, pero vestía con más sobriedad. Llevaba camisa blanca, chaleco azul marino y botas de tela marrones. De su sombrero brotaba una cortina de cabello rojo como el fuego y, cuando miró a Mary, esta vio que tenía unas pestañas largas y suntuosas. Solo entonces se dio cuenta la muchacha de que aquel pirata venido de los cielos, con cabellos de demonio y rostro de ángel, era sin duda una mujer.

—Así que tu padre es Marcus Read —dijo el demonio, acercándose a Mary. Su voz era clara como el tañido de una campana—. ¿Sabrás decirnos qué buscaba un investigador natural como él, viajando en un buque de la Armada a través de una zona infestada de piratas?

Mary tragó saliva. Aquella mujer parecía tener cierta idea de la misión; no tenía sentido mentir.

—Buscaba huellas de una criatura que algunos exploradores han documentado por estos mares —respondió—. Hay quien dice que es un monstruo de tiempos antiguos. Otros piensan que es algo parecido a un genio del mar y que trae suerte a quien lo encuentra.

—¿Y cómo se llama esa criatura?

—El snark.

Un murmullo se elevó a través de las filas de piratas. Calicó Jack dirigió una mirada nerviosa a la mujer pirata, que a su vez se apoyó contra los barrotes de la jaula y taladró a Mary con la mirada. La muchacha tragó saliva. La mujer tenía los ojos verdes con vetas marrones; eran menos amistosos que los de Jack Rackham, pero relucían con una turbulencia seductora. Mary pensó que eran los ojos más bonitos que había visto nunca.

—¿Y no es cierto —preguntó la mujer— que ese snark custodia un tesoro inmenso, el mayor de todo el Caribe, escondido en sus tiempos por el pirata Barbavioleta?

—Eso ya escapa a mi conocimiento —murmuró Mary—. Le he contado todo lo que sé por mi padre.

—¡Hum! —dijo la pirata—. Se nota que eres una chica leída. Jack, deberíamos ponerla a interpretar toda esta sarta de sinsentidos que he encontrado en el camarote del viejo. —Abrió el cofre y agitó un montón de documentos en los que Mary reconoció la letra de su padre—. Puede que en ellos se encuentre más información sobre el tesoro.

—¿Qué ha sido de mi padre? —preguntó Mary.

—Ni lo sé ni me importa, niña. Tuvo mejor suerte que tú y logró escapar junto a esos valientes oficiales en la chalupa, pero les metimos un par de cañonazos, así que no me extrañaría que a estas alturas fueran pasto de los tiburones.

Los ojos de Mary volvieron a llenarse de lágrimas. Jack se dio cuenta y regañó a la mujer.

—Bonn, cariño: Mary parece una chica muy sensible, y tú ni siquiera te has presentado.

—Es una prisionera, ¿no es cierto? —respondió la pirata—. Creía que tú eras partidario de arrojar a los prisioneros al mar para ahorrar gastos.

—Depende de cuáles. Esta te la había guardado con todo mi afecto. —Jack extendió la mano y enredó dos de sus largos dedos en la melena castaña de Mary—. Pensé que te haría ilusión tener una nueva mascota. Os presento: estimada Mary, esta de aquí es Anne Bonny, la pirata más temida de los siete mares y mi compañera sentimental, empresarial y sexual. Sobre todo, sexual.

Mary sintió un nuevo chisporroteo entre las piernas y se encogió cuando la mujer se volvió a mirarla otra vez y examinó su cuerpo de arriba abajo. Se había topado con muchos hombres que la habían desnudado con los ojos, pero... ¿una dama? ¿Podía una dama, por muy pirata que fuese, mirar a otra señorita de forma que esta última sintiera que hasta el camisón le sobraba bajo el sol del trópico?

—Tú lo que eres es un liante. Si tienes miedo de ir a buscar al snark...

—¿Miedo? ¿Yo? —Calicó Jack sacó la mano de la jaula y levantó los brazos—. Eso es una terrible mentira. ¿Cuándo te he dicho yo que no estoy contigo en esto?

—Tampoco me has dicho que lo estés —dijo Anne Bonny, y se volvió hacia la tripulación—. ¡Oídme todos, perros sarnosos! Vamos a poner rumbo a babor y a estudiar estos papelotes. ¡Buscamos al snark, el monstruo legendario, para arrebatarle el tesoro que custodia! Lo cazaremos, le daremos muerte y nos llevaremos sus joyas y sus doblones. ¡Algunos de los nuestros morirán en el intento, pero no desistiremos hasta lograrlo! Todo el que no esté de acuerdo, que aproveche para arrojarse por la borda ahora: ¡no será nada en comparación con lo que le haré yo si deserta más adelante!

—Es todo dulzura, ¿verdad? —le susurró Jack a Mary, que aún no salía de su asombro—. Siempre me han gustado las mujeres fuertes.

—¡Aquel que toque a esta mujer —Anne Bonny sacó su espada y señaló a Mary con ella— será azotado, desmembrado, enterrado y abandonado a su suerte para que se ahogue con la marea o sea pasto de los cangrejos!

—Le has caído bien —susurró Jack—. Es un poco celosa, no puede evitarlo.

—¿Te quieres callar? —gruñó Anne Bonny—. Llévatela y encárgate de que le pongan el traje de mascota. Yo bajaré en cuanto termine con el recuento del pillaje.

—Sí, mi capitana —dijo Calicó Jack.

Sacó una llave del bolsillo naranja, la metió en el candado de la jaula y abrió la puerta con un chirrido. Mary lo miró mientras le ofrecía la mano y le guiñaba rápidamente el ojo.

—Vamos, pajarito.

4

☠ ☠ ☠

Klaus entregó el sombrero y la espada a la señorita de recepción, que lo miró de arriba abajo. Mascaba tabaco como un marinero, pero sus pechos eran blancos y generosos y el corsé con el que iba vestida no dejaba mucho a la imaginación. A cada rato se lo recolocaba, justo a tiempo para evitar que un pezón se escapara por encima y tuviera a un cliente demasiado entretenido para el dinero que había pagado. Él suponía que su función principal era hacer de escaparate.

—Señor Klaus, tiene usted un código de descuento —dijo entre dientes; Klaus tuvo que hacer un esfuerzo para entenderla—. ¿Desea canjearlo ahora?

—Prefiero guardarlo para otra ocasión.

—Bien, dígame qué va a ser hoy. ¿Nadine? ¿Juanita?

—Françoise, si es posible.

—Una de Françoise. ¿Algún extra? ¿Anal? ¿Lluvia dorada?

—Estándar.

—Perfecto. Siéntese un momento, señor Klaus, enseguida la llamo.

Klaus esperó hasta que apareció Françoise. Era una chica joven, no especialmente agraciada, pero risueña y con buena figura. A Klaus le gustaba porque hablaba poco inglés y no le molestaba cuando se metía con ella en la cama y abría con los dedos el húmedo y cálido agujero de su vagina para metérsela. Muchas de las chicas de aquella casa tenían la molesta costumbre de confundir a los clientes con comadres a los que trasladar su verborrea.

—Françoise —dijo Klaus en voz baja, mientras se alejaban del brazo en dirección a las habitaciones—. ¿Está aquí hoy el capitán Barnet?

—¿Barnet? Oh, *oui, monsieur*. Está con María en la habitación del fondo.

—Vamos a entrar un momento.

—Pero, *monsieur* —protestó Françoise—, eso no es educado.

—Solo será un momento —dijo Klaus y, tirando de su compañía, giró el pomo del dormitorio.

La pareja sobre la cama apenas interrumpió sus movimientos para mirarlos. La mujer, tendida sobre su espalda con las piernas abiertas, era una negra impresionante de lo más profundo de la Hispaniola. La única vez que había estado con ella, a Klaus le había parecido excitante pero excesiva, tanto por sus enormes pechos y caderas como por sus manifestaciones de placer y la profundidad de su vagina, húmeda y glotona. Sin embargo, el hombre que tenía encima no parecía achantarse; musculoso y ancho de espaldas, se movía con la regularidad de un soldado, clavándole la polla hasta el fondo. Ella miró a los ojos de Klaus y le dedicó una media sonrisa.

—Vicegobernador Klaus —dijo el hombre sin volverse.

—Capitán Barnet —saludó Klaus a su vez. Cerró la puerta y comenzó a desnudarse—. He venido a tratar un asunto con usted.

Barnet se puso de rodillas y levantó a María por sus grandes caderas sobre el colchón. La mujer emitió un gemido de placer. Barnet la sujetó por las nalgas, colocó los pies de la mujer sobre sus anchos hombros y volvió a embestir. La gruesa polla colorada desapareció en el negro coño de María para aparecer otra vez, húmeda y dura, y hundirse de nuevo. El colchón crujía, María gemía y el capitán Barnet no pronunciaba sonido alguno.

—Hable —dijo al fin.

Klaus se sentó en el borde del colchón y observó la escena con interés.

—Se trata de Jack Rackham.

Notó cómo las venas del cuello de Barnet se hinchaban. Agarró con más fuerza a la mujer y se detuvo unos momentos, removiéndose en su vagina. María dijo algo en español que, según Klaus entendió, debía de ser una obscenidad de algún tipo.

—¿Qué pasa con él?

—Sus recientes actos lo han convertido en una molestia para la Corona. —Klaus le hizo una señal a Françoise, que se arrodilló frente a él y tomó su pene en la mano—. Tengo entendido que usted tiene una deuda pendiente con él.

—Es una deuda privada y que no puede saldar el dinero.

—No nos importa su naturaleza. Queremos saber si se cree capaz de acabar con ese gusano y su barco por una recompensa de dos mil reales de a ocho.

Klaus iba a añadir algo más, pero Françoise comenzó a lamerle la punta del pene y se lo metió en la boca. Por un instante solo sintió el tacto de los labios y la lengua de la chica; le puso la mano en la cabeza y cerró los ojos para disfrutar de esa sensación. Cuando los abrió, observó que Françoise miraba a Barnet y se molestó un poco.

—No dispongo de barco en este momento —dijo Barnet, que les dirigió una breve mirada. Tenía los ojos pequeños y claros. Salió de dentro de María y colocó su polla entre los pechos de la mujer—. Necesitaría un adelanto de seiscientos reales para reunir todo lo necesario.

—Trescientos.

Barnet sujetó los pechos de María con sus manazas y comenzó a frotarse contra ellos con movimientos similares a los de antes. Parecía estar pensando. Apretaba los pezones de la mujer con la yema de los pulgares mientras María se retorcía, gruñía, blasfemaba en español y gemía sin dejar de mirar a las tres personas en la habitación.

—De acuerdo —dijo Barnet.

Klaus echó un vistazo al frente. Françoise seguía entregada a chuparle la polla y tenía ganas de gozar del momento, pero si se inclinaba más sobre la cama, su brazo tocaría la piel áspera y peluda de Barnet. Acabó por levantarse y cambiar las tornas, colocando a Françoise sobre la cama junto a la pareja, mientras él permanecía de pie.

—Una cosa —dijo Barnet con voz algo más profunda.

—Dígame. —Klaus se movió y tomó el rostro de Françoise en las manos para introducir más profundamente su pene en la boca de la mujer.

—Conmigo no hay medias tintas. Si capturo a Rackham, solo le entregaré su cabeza. El resto pueden darlo por perdido.

—Entiendo —murmuró Klaus—. Oh… Condiciones aceptadas.

Podría haberle prometido la luna en esos momentos. Françoise chupó con más fuerza y le cogió los testículos con la otra mano. Klaus jadeó. Vio que María estaba acariciando a Françoise entre los muslos mientras permanecía agarrada a las sábanas, y que el capitán había intensificado su ritmo. Barnet apretó las enormes tetas de la mujer contra su polla, se movió más rápido aún y, apenas ensanchando las aletas de la nariz, disparó un manantial de semen que aterrizó sobre el rostro y el cabello de María, las nalgas de Françoise y hasta el muslo de Klaus. Continuó moviéndose más despacio mientras empapaba los pechos, el estómago y por fin el vientre de la mujer.

—Por fin, guapetón —ronroneó María—. Se ve que tienen que hablarte de un sucio pirata para que te corras.

Barnet se secó el sudor de la frente y se apartó de la prostituta, que tomó a su vez un pico de la sábana para limpiarse. Klaus entrecerró los ojos y se concentró. Quería acabar en la boca de Françoise, a ser posible con una cantidad de esperma similar a la de Barnet. Quería verla hacer esfuerzos para no lograr tragarlo y ver como el líquido se derramaba por su barbilla hasta llegar al suelo.

Sin embargo, Barnet echó a perder sus fantasías al tocar a Françoise por la misma zona donde María había estado hurgando. Klaus sintió el estremecimiento de placer de la muchacha y cómo su boca succionaba el pene con más intensidad. Trató de no mirar, pero era imposible no pensar que no era él el artífice de aquel placer. Se apartó, incómodo, mientras Barnet se tumbaba junto al cuerpo saciado de María y metía su rostro bajo las nalgas de Françoise.

—Si quiere el dinero, venga a verme al edificio del gobernador —dijo Klaus al fin—. Tendrá que ser pronto, pues la isla adolece de ciertos problemas de liquidez.

Barnet emitió un gruñido que solo podía ser de aprobación.

5

☠ ☠ ☠

—¿Está ya lista? —preguntó la voz de Jack Rackham tras la puerta.

—Un minuto, capitán —respondió Rita.

Sumergió el pincel en el negro tintero y volvió a aplicarlo sobre la ceja de Mary, que se estremeció. Aquel pincel estaba húmedo y frío. Rita le había explicado que la pintura no era permanente, pero que pasarían semanas antes de que comenzara a desvanecerse.

Rita era una esclava mulata de origen indefinido, de piernas cortas pero bien torneadas, nariz afilada, pelo negro y una boca grande y sensual. Era bastante mayor que Mary y parecía haber visto mucho más mundo. Sin embargo, lo primero que Mary había visto de ella eran dos largas orejas de lana negra, que colgaban de su cabeza en una especie de diadema.

—Ah, mi pequeña mascota —la había saludado Jack, y se había inclinado para acariciarla—. Te traigo compañía. Tú te encargas de prepararla, ¿sí?

Mary no daba crédito. La mujer había saludado a Jack a cuatro patas, había lamido sus manos como un perro y se había restregado contra su entrepierna en señal de afecto.

Después se había erguido sobre sus piernas, había mirado a Mary con ojo crítico y se la había llevado para ocuparse de ella. Sin contemplaciones, desabrochó los botones de su camisón y lo hizo caer al suelo. Instintivamente, Mary se apartó e intentó taparse.

—Es tu primera vez, ¿verdad? —dijo Rita.

—¿Sobre un barco pirata o como mascota? —respondió la muchacha.

—Ambas. Se nota, pero no te preocupes. Es de los mejores trabajos que puedes tener en el mar. Pocas veces corres peligro de verdad, sueles recibir buen trato y tienes derecho a compartir los tesoros del capitán… o en tu caso, de la capitana. Déjame ver. —Apartó los brazos de Mary y la examinó—. No, a ti no te queda bien algo como yo. Creo que ya sé lo que vamos a hacer.

Se dio la vuelta y Mary observó que llevaba una cola peluda y negra, que cimbreaba a cada paso. Su uniforme consistía exclusivamente en varias tiras negras enredadas por el cuerpo y un collar de perro. Los pechos y las nalgas quedaban casi al descubierto, y estas se expusieron obscenamente mientras Rita se inclinaba y buscaba algo en el último cajón de una cómoda. Mary bajó la vista, sonrojada.

—Ven, ponte esto.

Rita le alargó unos leotardos de color beis y lo que parecía un corpiño de aspecto cobrizo. Mary obedeció. Rita coronó su obra con una diadema similar a la que ella llevaba, pero en lugar de dos orejas lanudas, colocó en ella dos pequeñas puntas triangulares de terciopelo marrón. Por entonces, Calicó Jack ya había comenzado a golpear la puerta.

—Rita, pequeña, ¿has terminado ya? Quiero ver lo que sale de tus manos.

—Los dos son de todo menos pacientes—le susurró Rita a Mary, mientras tomaba su caja de útiles de maquillaje y la colocaba a su lado—. Enseguidita, capitán —respondió con voz engolada.

Arrancó sin compasión los pelos que sobresalían de las cejas de Mary con unas pinzas y procedió a decorar su rostro con pintura. *¡Dios mío, dame fuerzas!*, pensó Mary, que sentía la fría humedad del mar en sus hombros desnudos. *No solo he caído en las garras de unos piratas, sino de unos piratas completamente chiflados que me disfrazan de mamarracho.*

Cuando Rita terminó, dio permiso a Calicó Jack para entrar. Este asomó la cabeza, abrió mucho los ojos y se llevó la mano al pecho.

—Rita, ¡santo cielo!… Creo que es tu mejor obra…

Extendió la mano para rozar a Mary, pero se lo pensó mejor. Dio una vuelta en torno a ella mientras la muchacha permanecía tensa, rígida, y Rita, orgullosa, le mostraba las partes mejor colocadas con una sonrisa.

—¿Os gusta, capitán?

—Ya lo creo. Estimada Mary, no sintáis vergüenza. —Levantó la barbilla de Mary y la miró a los ojos—. Aunque este atuendo sea algo revelador, sigue siendo distinguido. ¿Sabéis? Hubo una época en que navegábamos con cinco o seis mascotas, todas hermosas y diferentes. ¿Queréis que os cuente una historia?

—Temo no estar vestida para la ocasión —se disculpó ella.

—Llevas el mejor traje. —El pirata fue hacia una vitrina de madera de sauce, sobre la que había un pequeño barril. Sacó varias copas plateadas y procedió a llenarlas—. Sentaos tranquilamente y bebed. ¡Sentaos!

Mary vio que Rita se reclinaba en los cojines estampados que había en mitad de la estancia y aceptaba la copa de manos del pirata. Sus ojos se movieron rápidamente de la figura de la exuberante mulata a la puerta, pero vio que Jack se acercaba a ella y le ofrecía otra copa con ojos que no admitían réplica.

Con los ojos bajos, dio un sorbo y arrugó la nariz. Rita la miró y levantó una ceja.

—¿Es que no te gusta el brandy, niña? —preguntó.

—No suelo beber alcohol.

—Una lástima. —Calicó Jack vació su copa y se sirvió más—. Es muy difícil beber otra cosa en alta mar. ¿Dónde estaba yo? —Se acomodó junto a Rita y le acarició el pelo—. Ah, sí. Una gran época. Llevábamos una nave preciosa, llamada la *Divina*, con unos veinte marineros, diez esclavos y todas aquellas muchachas, a cada cual más hermosa. Entre ellas había una jovencita de piel morena que en ocasiones deleitaba a la tripulación con su… voz. Una perrita deliciosa que no tenía más que hacer que abrirse de piernas por las noches para su capitán y tentarlo día tras día con mordiscos cariñosos y orejas peludas.

—Me halagáis, mi capitán —susurró Rita.

Jack acarició el rostro de su mascota, que le mordisqueó la mano. Mary tragó saliva y miró disimuladamente aquellos largos dedos. Muy a su pesar, tenía que confesarse que ese hombre la atraía. Estaba segura de que no era por su gusto en el vestir, así que solo podía atribuirlo a una calentura causada por el sol.

—¿Qué ocurrió? —preguntó para desviar la atención del pirata.

Jack se echó hacia atrás sobre los cojines y miró hacia arriba con expresión soñadora. Por debajo, Rita echó mano del bulto que había comenzado a formarse en aquellos delgados pantalones naranjas y le desabrochó el cinturón.

—Digamos que nos hicimos un poco mayores y empezamos a fantasear con establecernos. Era algo que antes nunca se nos había pasado por la cabeza a Bonn y a mí. Llevábamos una vida de placeres. —El capitán detuvo a su mascota—. Suave, perrita mía. No querrás asustar a Mary tan pronto.

Rita echó apenas una mirada en la dirección de Mary. Después procedió a desabrochar el chaleco verde y la camisa. Apartó la ropa del capitán despacio, descubriendo un pecho bronceado, con un aro que atravesaba uno de los pezones y el tatuaje de una sirena junto al cuello. Era delgado, pero de músculos bien delimitados.

Mary miró hechizada como Rita pasaba las manos por aquella piel y tiraba apenas del aro del pezón. Volvió a sentir el calor que la había invadido mientras estaba en la jaula de cubierta y miró una vez más a la puerta cerrada. Quería escapar de allí… *¿Seguro?*, pensó. Una cosa era ser un poco libertina, y otra muy diferente convertirse en la mascota de un pirata. Pero no podía evitar sentir algo de envidia mientras Rita deslizaba la punta de la lengua por aquel pezón y bajaba poco a poco hacia abajo hasta el ombligo, del que partía una línea de vello oscuro perfectamente delimitada que se introducía en el pantalón.

—Y… —murmuró, solo para que Jack la mirara—. ¿Y entonces?

Calicó Jack dejó la copa en el suelo, a su lado. Mary vio cómo manipulaba las tiras del traje de Rita, que por entonces le daba la espalda, y las deslizaba hacia abajo. Sus ojos se volvieron de Mary a los pechos de la mascota.

—Las otras mascotas… —dijo el capitán, deslizando las grandes manos por los costados de Rita— y los esclavos… comenzaron a tener una relación más íntima. Por supuesto, es difícil vigilar a tanta gente y gobernar un barco al mismo tiempo, incluso para dos almas fogosas como Bonn y yo.

Sus últimas palabras se vieron apagadas por los labios de Rita, que se había tumbado encima de él. Mary los vio besarse y acariciarse, con el rabo peludo de la mascota cimbreándose entre sus nalgas. Un nuevo pinchazo la aguijoneaba entre las piernas; sentía que se entre sus nalgas desnudas se abría paso la humedad, y no sabía bien cómo sentarse ni adónde mirar.

Azorada, dio un largo trago al brandy y apuró la copa antes de volver a echar un vistazo por encima.

Rita había descendido a la entrepierna de Jack y tiraba de sus botones. Mary contuvo una exclamación de sorpresa cuando vio aparecer un pene bronceado y erecto por entre los rizos del pubis. La mascota se apartó un poco, lamió la base, retiró un poco la piel y Mary vio que se inclinaba para introducirse el pene en la boca. Mary abrió mucho los ojos. Calicó Jack dejó escapar un jadeo y separó un poco más las piernas. Rita se tragó el miembro entero y luego se separó para volver a metérselo.

Mary se sentía horrorizada y fascinada. No podía apartar la vista de la escena del capitán Rackham y su mascota, a escaso metro y medio de ella. No parecían sentir el más mínimo recato por su presencia; si acaso, se diría, esta excitaba aún más su pasión. Mientras Rita se movía arriba y abajo contra el pene de Jack, este miró a Mary y sonrió.

—¿No tienes curiosidad por saber cómo acaba la historia? —preguntó el capitán.

Mary trató de responder, pero no pudo. Sintió que la sangre le recorría las mejillas y se sonrojaba hasta la raíz del pelo. A decir verdad, había perdido todo interés en el relato. Solo quería pasar un rato sola y que la dejaran en paz. Sabía lo que era necesitar intimidad después de que un mozo la acariciara, pero aquello era distinto. Iba a necesitar *horas* para reponerse de lo que había visto, y no precisamente para descansar.

—Puedo imaginar que los esclavos mantenían frecuentes… relaciones con las mascotas, de índole carnal —dijo.

—Pobres mascotas —convino Jack—. No las atendíamos como se merecían. ¡Ay! Suave, pequeña, en serio. Hoy pareces un tiburón.

Rita emitió un sonido ahogado de disculpa, se apartó un poco y comenzó a besarle los testículos mientras le acariciaba el pene con la otra mano. Mary comenzaba a pensar que había enloquecido. Quería seguir viendo aquello, pero sabía que no podría resistirlo mucho más. *La sangre de mi madre…* Aquello no era ella, no; era un ancestro que se había metido en su cuerpo, que se acercaba centímetro a centímetro a la escena, que abría los labios y que dejaba escapar un pequeño suspiro ante la visión. La sonrisa de Calicó Jack se ensanchó y la sirena junto a su cuello se tensó.

—¿Os traicionaron? —murmuró Mary.

—Actuaron durante la noche —dijo la voz jadeante de Jack—, un día que habíamos anclado cerca de Tortuga y todo el mundo estaba demasiado borracho para hacer nada. ¿Y cómo iba yo a desconfiar de ellas? Las mujeres siempre han sido mi perdición.

—¿Y cómo acabó todo? —Mary se acercó un poco más.

—Como acaban las mayores aventuras. Horadaron el casco del barco. —Jack se sujetó el pene y apartó suavemente a su mascota, que reptó para colocarse detrás de él—. Sacaron unas herramientas escondidas y, todos juntos, comenzaron a cavar…, a golpear…, a destrozar. Pronto abrieron una brecha por la que penetró toda la fuerza del mar.

Se acariciaba con vigor y Mary fue de pronto consciente de que estaba a escasa distancia de aquella mano, de aquel pene hinchado que parecía mirarla. Entonces sintió una mano contra su nuca y, de súbito, el trozo de carne estaba en su boca; quiso apartarse, gritar, pero las manos la sostenían con fuerza en posición y el pene se frotaba contra su lengua y sus labios.

Entonces sintió un temblor y la boca se le llenó de algo tibio, untuoso. Tragó lo que pudo y dejó que el resto se deslizara de su boca a los cojines estampados antes de echarse hacia atrás tosiendo y jadeando. Enfrente de ella, Calicó Jack dejaba escapar un suspiro complacido y Rita se reía entre dientes.

—No te enfades —dijo ella—. Se te veía muy interesada.

Se acercó a ella y la besó en los labios. Incluso en su desconcierto y enfado, Mary se dio cuenta de que lo que la mascota quería era saborear al capitán. Que no tenía un sabor nada desagradable, a decir verdad. Calicó Jack se rio también y se disponía a abrazarlas cuando, de pronto, alguien abrió la puerta de cubierta y comenzó a bajar las escaleras a buen paso.

Jack saltó como si le hubiera picado una avispa, se colocó el pantalón naranja y miró a Rita con desesperación. Esta se levantó a trompicones, agarró el camisón de Mary, que yacía sobre la silla de al lado, y limpió el rostro y el cuello de la muchacha con tanta fuerza que Mary soltó un grito ahogado. Los pasos se acercaron.

—Soy yo —dijo alguien y, tras llamar a la puerta, abrió.

A Rita le dio tiempo de arrojar el camisón sobre los cojines y colocarse encima, tumbada bocabajo. Anne Bonny entró en la pequeña estancia. Sus ojos verdes se fijaron primero en Mary; de allá se deslizaron a Calicó Jack, a la mulata con cola de perro en el suelo y de nuevo a Mary.

—¡Bonn, cariño! —dijo Jack—. Qué bien que ya estés aquí. ¿No has tardado demasiado poco? Quiero decir: ¿no has tardado mucho?

—¿Qué ocurre aquí? —gruñó la pirata.

—¿Qué va a ocurrir? —El capitán puso gesto de no entender nada—. Le he estado contando a Mary la historia de la rebelión de las mascotas. Pensé que, ya que va a viajar con nosotros, era justo que supiera algo de nuestro pasado.

Anne Bonny se quitó el sombrero, agitó su roja melena y volvió a mirar a las tres personas en el camarote. Mary tragó saliva y sintió un escalofrío; Calicó Jack esbozó una sonrisa, y Rita movió las caderas y la cola desde el suelo.

Anne golpeó a Jack con el tricornio.

—Eso por contar viejas historias —rugió, y volvió a golpearlo más fuerte—. ¡Y eso por tocar a mi mascota sin mi permiso!

—¡Pero, mi vida! —El pirata se refugió detrás de Mary—. Me juzgas mal. No he hecho absolutamente nada.

—¿Ah, no?

Anne Bonny se dio la vuelta. Mary vio sus ojos relampagueantes... y de pronto sintió, de nuevo, una mano que se le posaba en la nuca y tiraba de ella. Antes de que pudiera darse cuenta, Anne Bonny la había besado. Mary sintió una lengua que se abría paso entre sus labios y penetraba en su boca; era tan extraño, y a la vez tan excitante, que por un instante cerró los ojos y correspondió al beso; pero entonces la mujer se apartó de ella y volvió a azotar a Jack repetidas veces con el tricornio.

—Reconozco perfectamente ese sabor. ¡Sinvergüenza! ¡Mentiroso!

—¡Ay! ¡Oh! Cariño, un poco de calma, por favor. ¡Ah! ¡Oh! Sí, ¡más!

Anne zurró a Jack y le dio una patada en el trasero. El pirata giró el pomo y salió corriendo del camarote. Tras él se deslizó Rita, a cuatro patas y más deprisa de lo que Mary había pensado que ninguna persona podría correr en esa posición. Se levantó para seguirlos, pero Anne Bonny se interpuso.

—¿Adónde crees que vas?

Mary se quedó helada. Anne se calmó un poco y se metió la mano en el bolsillo del chaleco. De él sacó un collar rojo de metal y cuero que se parecía al negro que Rita llevaba al cuello. Se puso detrás de Mary, apartó sus cabellos casi con delicadeza y le colocó el collar.

—Esto te reconoce ante los ojos de los demás como mi mascota —dijo mientras se lo abrochaba con un *clic*—. Y visto que eres más ligera de cascos de lo que pareces, no está de más que lo exhibas como recordatorio. No intentes quitártelo;

solo Jack Rackham y yo conocemos el sistema de cierre, y solemos tomárnoslo muy a mal si vemos que ha sido manipulado.

Mary asintió con fuerza.

—Si en algún momento considero que te has portado mal o has infringido tus deberes como mascota, te castigaré atando este collar a alguna cadena que, si me parece, entregaré a alguien para que haga lo que quiera contigo. Por supuesto, puede haber otros castigos según la gravedad de la falta, y creo que ya te he dado pruebas suficientes de que conmigo no se juega. ¿Estamos?

—Sí —farfulló Mary.

—¿Sí, qué? ¿Es que no te han enseñado nada esos dos inútiles? Cuando te dirijas a mí, dirás: «sí, mi capitana».

—Sí, mi capitana.

—Mejor. Ahora sígueme. Estoy cansada y quiero retirarme.

Anne salió de la estancia, pero dirigió una mirada severa a Mary cuando esta intentó seguir sus pasos.

—En cubierta eres libre de ir como te plazca, pero aquí debes caminar a cuatro patas. No hay ninguna excepción.

Perpleja, Mary colocó las manos en el suelo y trató de hacer lo que se le ordenaba. La madera del suelo del barco le clavaba astillas en las manos y le costaba sortear los obstáculos. Siguió a Anne Bonny lo mejor que pudo hasta su camarote.

Allá, la pirata encendió un candil y comenzó a desnudarse. Mary pasó tímidamente la vista por los símbolos religiosos colgados encima de la cama —entre ellos, un rosario negro como la pez— y los libros, mapas y artilugios marítimos sobre la mesa de lectura.

—Mi capitana —dijo con cuidado—, ¿os gusta leer?

Anne Bonny colgó su sable al lado de la cama y se desató el nudo de la camisa.

—Apenas conozco bien el alfabeto —confesó—, pero estoy aprendiendo. Se puede decir que soy la persona más culta de este barco, lo cual no es mucho. Yo fui quien descubrió primero las fuentes escritas de Barbavioleta, pero ahora confío en que tú sabrás interpretar correctamente las notas de tu padre.

Se quitó la camisa y se quedó completamente desnuda. Mary se sorprendió al descubrir que tenía un cuerpo similar al suyo, con pechos turgentes y caderas generosas. Parecía mucho más grande cuando se vestía de hombre, pero en realidad apenas era más alta que Mary.

—Acércate —dijo mientras se metía en la cama.

—Oh, sí —respondió Mary—. ¡Perdón! Sí, mi capitana.

Trotó a cuatro patas hasta el jergón. Anne Bonny la miró a los ojos. Mary tragó saliva. Aun careciendo de experiencia con cuerpos desnudos (si exceptuaba la reciente vivencia que todavía podía saborear), tenía una idea lo que podía esperar; y para ser sinceros, no le resultaba tan horrible como había creído al principio… o quizás era que el brandy había hecho su efecto. La escena con Jack y Rita la había dejado empapada. Por vergonzoso que fuera admitirlo, tenía unas ganas terribles de que alguien le levantara la falda, azotara sus nalgas desnudas y luego frotase su botón del placer como lo hacía ella en las noches solitarias hasta llegar al éxtasis. Y Anne Bonny, a pesar de su mal genio, le producía tanto temor como fascinación. Sí, no tenía *nada* que objetar a que fuera precisamente la pirata quien le levantara la falda, hurgara con sus dedos en ella, le dijera «pero cómo te has puesto, zorra» y la sujetara mientras le daba allí mismo una palmada, otra, otra, y otra… «Por mil demonios, pero si esto te gusta y todo. Vas a recibir todavía más».

—En fin, creo que el día ha sido lo bastante duro para las dos —dijo entonces Anne Bonny, rompiendo en mil pedazos la fantasía—. Puedes coger ese almohadón y esa manta y echarte a mi lado. Una cosa más: a veces Jack Rackham dormirá aquí y, en ocasiones, yo me iré con él. Él es la única persona, y repito, la única además de ti, que tiene permiso para entrar en este camarote. ¿Está claro?

—Sí, mi capitana —respondió Mary Read.

Y, con un largo suspiro, se hizo un ovillo a los pies del jergón.

6

☠ ☠ ☠

—¿Habéis visto ese porte? Qué pedazo de macho. Tiene unas piernas como troncos de árboles.

—Qué piernas ni qué narices. El culo. ¿Lo visteis ayer cuando se quitó la chaqueta para la cena? Madre de mi vida, qué culo más prieto. Estuve a punto de perder los papeles y agarrárselo delante de todo el mundo.

—Pues lo llevas claro, bonita. Me han dicho que es hetero y muy hetero.

—Ay, mira que eres mala. Pues que sepas que Jack Rackham también lo es, y por ahí abajo una marica asegura que se lo folló hace años cerca de la Hispaniola.

John Barnet esbozó una mueca y volvió la cabeza hacia los tres marineros que susurraban a poca distancia de él. Había ido a tomar el fresco a proa y se había entretenido viendo saltar a los peces voladores, pero pocas veces lograba estar solo mucho tiempo. Siempre tenía a un marinero, o dos, o tres, pendiente de sus pasos y dispuesto a ofrecerle ayuda, una manita, dos, las que hicieran falta para lo que quiera que estuviera haciendo. Suponía que era la consecuencia lógica de haber reclutado a toda la tripulación de una balandra en dos días, y en las playas donde abundaban los marineros más mansos y perezosos de toda Jamaica.

—Jack Rackham, lo que es, es un pervertido —siguió a lo suyo uno de los tres marineros, sin percatarse de la severa mirada de Barnet.

—Sí, yo he oído que es un poco sadomaso, ¿no? A mí no me termina de ir su estilo, pero reconozco que tiene morbo.

—Yo no lo tocaría ni con pinzas. Donde esté un buen capitán de pelo rubio, brazos peludos y huevos como pelotas…

El marinero echó un lánguido vistazo hacia Barnet y dio un salto al encontrarse con sus ojos, lo que hizo que se le cayera el cigarrillo; los otros marineros compartieron una mirada culpable. Barnet caminó hasta ellos con sus pesadas botas y pisó el cigarrillo humeante.

—Señores —dijo—, ¿no tienen nada más que hacer?

—Ahora que lo dice, capitán —tartamudeó uno—, creo que he visto un roto descomunal en la vela de popa. Voy a buscar aguja e hilo y lo zurzo ahora mismo.

—Yo voy a por un dedal —agregó el otro, y ambos hicieron mutis por el foro.

El marinero que quedaba dirigió una sonrisa nerviosa a John Barnet, que no le correspondió.

—Oficial —dijo Barnet—, le agradeceré que en adelante se abstenga de hacer comentarios irrelevantes relacionados con el sujeto que estamos buscando. O, ya que estamos, sobre mi persona.

—S… sí, mi capitán. Por supuesto.

El marinero se cuadró y se dio la vuelta para salir por pies, pero la atronadora voz del capitán lo llamó por detrás:

—¿Oficial?

—¿Sí? —El marinero se giró ligeramente, acariciando la lejana posibilidad de que sus fantasías fueran a hacerse realidad.

—Dígame el nombre de la persona que asegura haber trabado contacto con John Rackham.

—Marcellesi, señor. El genovés.

—Bien. —Barnet hizo una pausa—. Puede retirarse.

Mascullando para sí, el marinero abandonó la zona de cubierta. John Barnet se quedó mirando las nubes y acariciándose pensativo la barbilla afeitada.

Las instrucciones del vicegobernador habían sido muy vagas: dirigirse hacia el norte por el estrecho de los Pesares, puesto que el abordaje de la nave había tenido lugar cerca de la isla de Cocos, y prestar atención a cualquier bandera negra que pudiera avistarse en el horizonte. En particular, la que enarbolaba Calicó Jack, empeñado en otorgarle a todo su toque personal: la calavera con dos sables cruzados. Sin embargo, si dispusieran de alguna indicación sobre un refugio en alguna parte de la isla de la Hispaniola, puede que lograran anticiparse a los piratas... y tomar por sorpresa a ese payaso de colores que era Calicó Jack.

A John Barnet se le erizó ligeramente el vello con el pensamiento. Se quitó el sombrero, se ensalivó los dedos y se colocó bien el cabello que le caía por el rostro. Cimbreando los anchos hombros, fue en busca de Marcellesi.

7

☠ ☠ ☠

—Puede afirmarse que el monstruo de rostro in... inenom... inn... innombrable... ¿Qué es eso?

—Algo que no se puede decir —aclaró Mary Read.

—Ah, bueno. Pues eso... hace de guardián... de las mayores bellezas que se esconden en las prof... profund... —Anne Bonny hizo una mueca y trató de descifrar la letra del manuscrito que sostenía entre las manos—, profundid... lo que sea, en aguas del Mar de la Tranquilidad. ¿Dónde demonios está ese sitio?

—Eso es justo lo que venía a preguntarle, mi capitana —dijo Mary con cautela. Se acercó a la pirata y puso en sus manos varios mapas—. He marcado con un círculo la procedencia de los escritos que se citan en los documentos de mi padre, pero es confuso. Además, no hay ninguna referencia al Mar de la Tranquilidad más que en esos pergaminos.

—Pues que me pasen por la quilla si tengo más idea que tú.—Anne Bonny se quitó los anteojos que usaba para leer y se frotó los párpados—. ¿Has hablado con Calicó Jack? En este barco hay al menos un pirata que se jacta de conocer los Mares del Caribe mejor que su propia polla.

—Todavía no, mi capitana.

—En fin. —Anne se levantó—. Lo consultaré con él antes de la cena.

Dejó los papeles sobre la mesa y salió del camarote. Mary Read esperó unos momentos antes de seguir sus pasos —a cuatro patas, tal como dictaban las reglas, por mucho que las exposiciones científicas las hiciera siempre de pie— y trotar hasta la escalerilla que conducía a proa. Subió por ella, abrió la escotilla y se dispuso a dar un paseo por cubierta.

El sol se ponía sobre el horizonte, y el aire era templado y agradable. El mar estaba en calma y corría una brisa refrescante. Mary se apoyó sobre la barandilla y contempló el paisaje. A su espalda sonaban las risas de dos o tres piratas, que se entretenían tocando un viejo ukelele.

Llevaba ya unos cuantos días a bordo y le estaba tomando apego a la vida en el barco. La comida era mucho mejor que en el buque de la Armada; la mayor parte de los piratas, fuera por educación o por miedo a la capitana, la trataba con respeto; y no tenía que dormir en una incómoda hamaca, despertándose continuamente por los ronquidos de su padre. En lugar de eso, su capitana le había dado una mullida piel de vaca para echarse siempre que tuviera ganas.

La brisa pasó una vez más entre sus piernas, haciéndola encogerse en un poco. Atrapó la falda entre los muslos y se restregó contra ella. Si había *una* pega en todo aquello, era precisamente Anne Bonny. La pasión de Mary por ella crecía cada día. La miraba con disimulo en el puente de mando, mientras la capitana trazaba la ruta junto a Calicó Jack. La miraba cuando se despojaba de sus botas marrones antes de dormir. La miraba cuando jugaba a las cartas con los otros piratas, cuando una sonrisa asomaba en su rostro antes de colocar sobre la mesa un impecable trío de figuras con el que ganaba la partida. Aquella mujer no se parecía a ninguna que hubiera conocido antes y se moría por arrodillarse a su lado, obedecer sus órdenes y satisfacer cada una de sus necesidades.

En realidad, se confesó con cierta vergüenza, la pasión de Mary crecía cada día y punto; nunca había imaginado que llevar un traje de gato en alta mar iniciaría tal tormenta en su interior.

Mary se había adaptado con una regularidad admirable a las normas de mascota. Pasaba las horas muertas en el jardín de las mascotas, aquella estancia de cojines estampados donde Rita la había vestido por primera vez, leyendo, examinando pergaminos o hartándose de comer la fruta fresca que todos los días les bajaba el pirata que llamaban Mil Cicatrices. Rita se había convertido en algo así como su hermana mayor; charlaba con ella, escuchaba sus diatribas, le contaba anécdotas divertidas y resolvía los crucigramas viejos de *Colonies Weekly* mientras se limaba las uñas. Pero mientras que Jack Rackham hacía buen uso de su mascota, como Mary ya había podido comprobar, Anne Bonny se mostraba algo más esquiva, pese a las esperanzas de Mary. Siempre había algo más importante que hacer: por lo general, relacionado con las averiguaciones sobre el snark y el tesoro de Barbavioleta. Un tema que, cuando estaba húmeda y ansiosa de que las caricias sobre su nuca se convirtieran en algo más, interesaba bastante menos a Mary.

—Mira, niña, las mujeres siempre son más retorcidas —dijo Rita cuando Mary abordó el tema—. Y te lo digo yo, que me siento muy mujer. Con esa no puedes simplemente levantarte la faldita, enseñarle el coño y esperar que se corra.

—¿Y qué es lo que tengo que hacer entonces?

Rita entrecerró los ojos.

—Por lo que conozco a estos dos, y ya va para largo, lo que le gusta a ella de él es precisamente que la provoca. ¿Te has fijado en que se pasan el día discutiendo? Es así. Ella pone las reglas y él se divierte desafiándolas. Y luego, zas, toda esa tensión se la llevan a la cama, y a fecha de hoy la fórmula todavía funciona.

Mary meditó la respuesta. Recordó las veces que había visto juntos a Calicó Jack y Anne Bonny. La última había sido, sin duda, curiosa. Se había despertado por unos sonidos junto a ella en la noche: Jack había entrado en el camarote de puntillas con una vela, totalmente desnudo, y se había arrojado sobre la capitana. Mary observó con perplejidad cómo su presencia era totalmente ignorada mientras Anne forcejeaba, lo abofeteaba, amenazaba con cortarle la garganta y de pronto pasaba a besarlo con pasión, aplastarlo sobre el jergón y deslizarle la lengua por el cuello y los pezones.

—¡Oh, mi vida! —jadeó Jack Rackham—. Sí. Sí, eso es. ¡No pares!

—Pirata travieso —contestó Anne Bonny, mientras restregaba sus caderas contra él—. ¡Te voy a curar de una vez por todas de esa costumbre de despertarme!

Ante los escandalizados ojos de Mary, Anne tomó el rosario que solía estar encima de la cama y lo usó para sujetar las muñecas del pirata a una argolla de la pared. Después, lo montó. El grueso pene de Jack desapareció en una mata de húmedos rizos rojos, volvió a aparecer y se hundió con fuerza de nuevo en las profundidades mientras ambos gruñían, gemían, empujaban y arqueaban la espalda de placer. Mary inspiró hondo y, tras comprobar que nadie parecía pendiente de ella, comenzó a tocarse disimuladamente.

—Dame ese culo —decía Jack—. Muévete bien encima de mí. ¡Quiero verte botar!

—¡Perro! —respondió Anne—. Aun atado, y me hablas de ese modo… ¿Todavía crees que eres tú quien lleva este barco? Te voy a ahogar con tu sombrero —agarró el tricornio negro de la mesilla y lo aplastó contra la frente de Jack—, ¡capitán… de pacotilla!

—¡Capitana! —farfulló el pirata—. Contente un poco. Mira cómo estás haciendo sufrir a tu mascota —Mary se quedó helada; a diferencia de lo que había creído, parecía que el capitán sí que la tenía en cuenta—. Ven aquí, Mary. ¡Pobrecita!

—¡No te acerques, Mary! —gruñó Anne.

Calicó Jack tiró con más fuerza y rompió el rosario. Las cuentas se desperdigaron por los tablones de madera del suelo. Sujetó las caderas de Anne Bonny con las manos y bombeó con más energía.

—Mira lo que le hago a tu capitana, Mary —rugió, con el rostro vuelto hacia ella—. ¿No quieres un poco de esto? ¿No vas a darme siquiera un beso?

—¡No… te atrevas! —dijo Anne Bonny, pero su voz sonó cortada por un gemido de placer—. Maldito… pirata sarnoso. Tócame un pecho, ¡ahora!

—Ven, Mary —casi rogó Jack.

—¡Mary! —solo dijo Anne Bonny, con un tono que era un aviso.

Mary no sabía qué hacer, pero en ese momento uno de los dedos de Jack le rozó la rodilla y, sin pensarlo demasiado, se escurrió por el suelo hasta llegar a la boca del pirata. La encontró cálida, húmeda y con un amargo, pero delicioso, sabor a tabaco. El bigote de Jack le hizo cosquillas en el labio superior cuando se rio, nerviosa, y se inclinó para besarlo más profundamente. Mientras tanto, Anne se movía arriba y abajo, agarrada con las manos a las piernas de Jack.

—Yo te mato—fue todo lo que dijo, pero apenas fue comprensible—. Sí. Sí. Ahora.

Respiró con fuerza y dejó escapar un aullido de placer. Jack apretó su pecho y le propinó una fuerte palmada en la nalga; luego besó a Mary con más intensidad. Mary se dejó hacer hasta que sintió que la agarraban del pelo y soltó un grito.

—Estúpida gata pervertida —dijo la voz, profunda y jadeante, de Anne Bonny—. ¿Qué te había ordenado? Por desobediente, ahora vas a comerle la polla.

Empujó la cabeza de Mary contra el pene erecto. Mary sintió la crudeza del ya conocido olor de Jack mezclado con el de Anne. Abrió la boca un poco, pero la garra que le apretaba el pelo la condujo directamente al extremo. Jack se agarró el pene para mantenerlo en posición.

—¡Oh, sí! —dijo el pirata.

La mano de Anne Bonny la empujó hacia abajo. Mary sintió que el miembro entraba en su boca, le golpeaba en el fondo de la garganta y, por un instante, tuvo ganas de vomitar; pero fue solo un momento, hasta que Anne tiró de nuevo del pelo hacia arriba. Mary emitió un quejido y la capitana aflojó un poco la mano, pero no cesó el movimiento.

—¡Hasta el fondo! —ordenó.

—Ah, Bonn, cariño mío —gimoteó Jack Rackham, que se acariciaba ligeramente—. Esto es el paraíso, el paraíso mismo. ¿Puedo correrme en su boca?

—Puedes no, debes. ¿Lo has oído, mascota? Jack, córrete ahora y llénale la boca. Y a ti, muchacha, más te vale no dejar nada.

Mary sintió una punzada de temor, pero trató de ajustarse y de relajar la garganta. En realidad, la experiencia no era tan terrible, sobre todo cuando Anne Bonny metió la mano entre sus muslos desde atrás e introdujo un par de dedos en su abertura. Gimió contra la polla de Jack sin poder evitarlo.

—Oh, oh —boqueó Jack—. Me voy.

Su cuerpo se contrajo y Mary sintió la descarga del líquido tibio en lo profundo de su garganta. Chupó con fuerza y tragó; parte del líquido se deslizó hacia abajo, pero logró atraparlo y limpiar el pene con los labios hasta no dejar rastro. Después se sacó el pene de la boca y apretó el rostro contra él mientras alzaba un poco las nalgas.

—Un pirata inútil y una mascota desobediente —dijo Anne Bonny, que la penetraba ahora con más fuerza—. Qué mezcla más frustrante.

Sin cesar sus movimientos, rebuscó en la mesilla de noche y sacó un objeto que se ajustó a su propio cuerpo con la otra mano. Mary sintió curiosidad. Miró por encima del hombro y vio a la capitana con algo que parecía un pene entre los muslos; pero... aquello no podía ser verdad, ¿no? Era una burda imitación, algo de broma... y sin embargo...

Sintió que Anne se apoyaba contra ella y retiraba la mano para empujar el objeto dentro. Era liso y frío, pero flexible, como de caucho. Notó un ligero dolor y apretó los labios. Mientras, Jack la besaba por todo el rostro y sus manos le pellizcaban los pezones.

—Bonn, mi vida, ¿no habíamos quedado en que la desvirgaría yo? —protestó el pirata.

Anne Bonny abrió más la entrada con los dedos y empujó con más fuerza. Se estiró y, por encima del cuello de Mary, le dio un beso a Jack.

—Aquí no queda mucho que desvirgar —jadeó. Sujetó a Mary con los brazos y se removió contra su coño—. ¿Te gusta esto, jovencita? Es un *gran* invento. ¿Sabes que está pensado para dar placer a dos mujeres a la vez? Me follaría vivo a su inventor, aunque pongo la mano en el fuego por que fue una inventora.

—Bonn siempre deja saciados a todos sus coños —convino Jack mientras las abrazaba—. Y a alguna que otra cosa..., solo de vez en cuando..., también.

—¿Y sabes lo mejor? —dijo la capitana—. Es de manufactura irlandesa. Solo de pensarlo, el coño me rezuma. Relájate, ¡vamos! Quiero metértelo todo.

Mary emitió un gemido que lo mismo podía ser de afirmación que de pánico. De un empellón, Anne Bonny se le metió dentro. Mary contuvo un grito y, poco a poco, se acostumbró a la sensación. Jack la besaba suavemente por delante y abandonó uno de los pezones para rozarle el nudo mojado sobre su vagina. Mientras tanto, Anne Bonny comenzó a mover las caderas de nuevo, rozando los rizos de sus pubis contra su sexo. Los dedos de Jack y la polla de madera de Anne Bonny fueron suficiente para que Mary, con un espasmo, sintiera como si alguien derramara el licor más puro por su cuerpo y dejara escapar varios gemidos de placer, con la cabeza hundida entre los rizos negros de Calicó Jack. Sintió que él la abrazaba y la acariciaba donde poco antes Anne Bonny la había agarrado del pelo.

—¿Qué se dice? —escuchó entonces casi en un susurro.

Mary levantó el rostro colorado, con lágrimas en los ojos.

—¿Gracias, mi capitana?

—Exacto —dijo Anne Bonny. Salió de dentro de Mary, se sacó la polla doble y la colocó de exposición sobre la mesilla—. Bueno, con vuestro permiso, tengo la garganta seca. Voy a ofreceros algo, pero no lo toméis por costumbre.

Con estas palabras, se levantó, abrió un cofre junto a la cama y sacó una botella de ron. Jack se apresuró en salir de debajo de Mary y echar un buen trago. Mary fue a decir que no, pero carraspeó y se lo pensó mejor. Necesitaba algo que restableciera el equilibrio de su garganta.

Tomó la botella y dio un sorbo. Le entró un ataque de tos. Los piratas se rieron y Anne Bonny se la quitó de las manos.

—Mejor vete a dormir, mascota.

Tomó el tricornio del suelo y se lo encasquetó a Mary, para luego inclinarse y darle un beso en los labios. Después se tumbó y apoyó la cabeza sobre el hombro de Jack. Mary los observó acurrucarse juntos con envidia; de buena gana se habría quedado en el colchón, pero optó por respetar las normas y se deslizó al suelo.

El sol se había puesto. Apoyada sobre la barandilla de proa, Mary inspiró y espiró con fuerza. El recuerdo de esa noche, la mejor de todas las que había tenido hasta ahora, había desatado un snark particular en su interior. Se dio cuenta de que el pequeño doblez de la falda que había metido entre sus muslos —y contra el que, sin saberlo, se había estado restregando— estaba ya empapado. Abrió las piernas y dejó que el viento jugara con ella, golpeando hebras de su cabello contra sus hombros, abrazando sus formas, levantando su falda.

—Señorita —la llamó una voz desde atrás.

Giró la cabeza y vio a dos de los piratas. El que había hablado no parecía demasiado interesado en la vista; era el vigía, el llamado Jimmy el Guapo. Para ser sinceros, a pesar de su rostro apolíneo, tampoco parecía interesado en Anne Bonny, ni mucho menos en Rita, y sí un poco más de lo debido en Juan Nadie, que evitaba el contacto excesivo con él.

El segundo era Kyle Lengua Larga, un pirata de procedencia desconocida que siempre caminaba con un loro muy vistoso en el hombro. Según le había explicado Mil Cicatrices, Kyle había sido de niño muy charlatán, pero una enfermedad desconocida le había dejado sin voz. Desde entonces, se comentaba que su loro hablaba por él; Kyle no decía ni que sí ni que no, lo que en su estado, tampoco era de extrañar.

—¿Qué ocurre?

—¡Graaak! Alguien quiere que se la metan —chilló el loro.

Kyle lo miró con ojos escandalizados y le dirigió una sonrisa nerviosa a Mary, que le correspondió. Jimmy el Guapo hizo girar los ojos.

—Veníamos a decirle que la cena ya está lista y que baje cuando quiera.

—Muchas gracias —respondió Mary.

—Graak —dijo el loro—. A su servicio… en todo.

Kyle movió un poco el hombro, arqueó las cejas y el loro aleteó. Los dos piratas giraron sobre sus talones y fueron en dirección al salón, aunque Kyle remoloneó un poco más de lo debido. Le dirigió una última mirada a Mary, que se alegró de que el viento jugueteara en ese momento con su corta falda.

¡*Capitana!*, pensó. *Si no estuvieras más interesada en esos pergaminos que en mí... Si me dieras lo que necesito y cuando lo necesito, a mí, solo a mí... Pero ¿qué me pasa? Esto no puedo ser yo*, se dijo, y miró avergonzada al suelo. *Soy un monstruo. Me han raptado, me han esclavizado y lo que más deseo es que la peor pirata de este barco deje de enfrascarse en antiguos pergaminos para fijarse en mí.* Se tomó un momento para reflexionar, hasta que una ventolera volvió a cosquillearle entre los muslos y enfrió la mancha de humedad de su falda. *Pues qué se le va a hacer, ¡por cien mil demonios! Yo necesito más, y voy a buscarlo.*

8

Marcellesi era una rata difícil.

El capitán John Barnet había tratado de hablar con él de hombre a hombre pero, para su sorpresa, se trataba de un marino curtido y maduro que se las veía venir desde lejos; un viejo mariposón versado en todas las artes de atraer a un hombre a su lecho. Tan pronto le llegó noticia de que Barnet quería saber acerca de sus antiguos encuentros con Jack Rackham, se cerró en banda y aguardó los torpes abordajes del capitán con una larga pipa de opio y una sonrisa en los labios.

—Marcellesi —gruñó exasperado Barnet mientras se inclinaba junto a su interlocutor, que se sentaba en un banco de las cocinas—. Usted dispone de una información que podría sernos de utilidad. Como su capitán, le ordeno que la comparta conmigo.

Marcellesi palmeó el lugar del banco a su lado.

—Capitán —dijo—, es usted demasiado joven para entender que las cosas, cuando se comparten, pierden el misterio. Si yo compartiera con usted el secreto de todas estas recetas, ¿dónde cree que quedaría su encanto?

—El encanto me es indiferente.

—Eso creen muchos hombres, pero es mentira. Son tan sensibles al poder del encanto como una mujer.

Barnet suspiró y se sentó.

—Muy bien, dígame: ¿dónde sucumbió Jack Rackham al suyo?

—¿Se cree esas tonterías? —El genovés sonrió un poco y dejó escapar el humo dulzón de la pipa—. Aun si fueran verdad, esa historia formaría parte de mi vida personal. ¿No le parece que yo debería saber un poco de la suya antes de contarle nada?

—¿Qué es lo que quiere saber? —dijo Barnet, hosco.

—Podría preguntarle por el origen de sus fantásticos músculos, pero no seré tan atrevido, al menos hoy. ¿Por qué odia tanto a Rackham sabiendo, como los viejos sabemos, que usted dejó el almirantazgo para volverse un proscrito como él?

Barnet calló durante un rato.

—Me robó algo —dijo al fin.

—Quien roba a un ladrón… —comenzó el genovés.

—No. Aquello era muy importante para mí y no descansaré hasta verlo muerto.

—No puedo imaginar a qué se refiere —dijo Marcellesi—, salvo, quizás, a su propia hombría.

—No, no. Por Dios. Deje de ver esas cosas por todas partes. —Exasperado, Barnet se frotó los muslos y se colocó bien la entrepierna del pantalón—. No tiene nada que ver. Ahora dígame dónde y cuándo trabó contacto con Rackham por última vez.

—Lo haré si usted continúa con lo que estaba haciendo.

—¿El qué? —preguntó confuso John Barnet—. ¿Esto?

Se rascó los testículos y se colocó el pene en su sitio. Marcellesi subió una pierna al banco y lo observó mientras chupaba su pipa.

—Señor Barnet, discúlpeme, pero me maravilla que logre enfundarse en esos pantalones tan ajustados.

—Nunca los encuentro de mi talla.

—Es evidente. Pero tiene que encontrarse muy incómodo, sobre todo ahora. ¿Sabe que esto le ha sucedido mientras hablábamos de Rackham? Usted dirá lo que quiera, pero uno tiende a pensar mal.

John Barnet enrojeció y se encogió un poco. Tuvo ganas de golpear al marino, pero supo que no conseguiría nada de él de ese modo. En su lugar, se puso en pie bruscamente y dejó que Marcellesi contemplara su erección. El marino inclinó la cabeza y sopló el humo con suavidad en esa dirección.

—Rackham nació en una pequeña granja cercana a Santiago de Cuba —dijo sin apartar la vista—. Yo tenía negocios por esa zona, algunos de ellos bastante sucios.

John Barnet se desabrochó los botones del pantalón. Sin apartar la vista de él, sacó su inmenso falo y dejó que apuntara hacia el marino como un cañón, a escasos centímetros de su rostro. Marcellesi dio una larga chupada a la pipa de opio.

—Lo normal habría sido que coincidiéramos en la isla de Tortuga, que por entonces era refugio de piratas de la peor calaña.

—¿Y fue así? —preguntó Barnet.

—La verdad es que de pronto tengo dificultad para acordarme.

—Pues ya puedes ir haciéndolo —rugió Barnet—, porque esto es todo lo que vas a obtener.

—Capitán, dice esto, pero su polla es traicionera. Dicen los rumores que nadie es capaz de satisfacer a un marinero mejor que otro marinero. No me diga que en todo este tiempo no le ha entrado al menos curiosidad.

—Con una polla en la boca no se puede hablar, y eso es lo único que quiero de ti, rata inmunda.

—Bueno, puede meterla en otro sitio. —Marcellesi subió la otra pierna al banco y, como si llevara haciéndolo toda la vida, se bajó el pantalón. Barnet contempló con temor aquel agujero que se abría poco a poco, glotonamente, entre las peludas nalgas—. Soy muy locuaz cuando la situación da pie a ello. Vamos, ¿no puede pensar que es un coño?

—Los coños están mojados y huelen a mar —refunfuñó Barnet.

—Yo recojo el pescado fresco todos los días. Y en cuanto a lo de mojado… —Se lamió los dedos de la mano que no sujetaba la pipa y los introdujo en el agujero con un sonido de chapoteo—. Pruébelo. Seguro que, con semejante polla, estará muy prieto.

Barnet inspiró hondo. Comprobó que la puerta de la cocina estaba cerrada y se acercó al marinero. Se agachó un poco y colocó el extremo del pene entre las nalgas. Marcellesi levantó un poco más el culo y se agarró los testículos con una mano.

—No me toques —avisó Barnet, y hundió el pene en su ano. Dio un pequeño respingo: el hombre tenía razón, prieto sí que estaba.

—Descuida —jadeó Marcellesi—. ¿Por dónde íbamos? Jack Rackham. Le conocí cuando era todavía muy joven y jugaba a ser el pirata más famoso de los mares del Caribe. Le pirraban las mujeres, sobre todo si le daban órdenes. Entonces le conté que una vez había malparado con mi tripulación y ellos me habían abandonado en una isla desierta. Sabrá que es un castigo típico entre los piratas…

—Claro que lo sé —dijo Barnet, que evitó una ristra de ajos que colgaba de la pared, se apoyó en ella y empujó más fuerte contra Marcellesi.

—Por supuesto, error mío —gruñó el marinero—. Entonces, ahí estábamos el pequeño Jack y yo, y yo le conté las penurias que había pasado en aquel lugar hasta que de pronto aparecieron esas mujeres. Indígenas, ¿sabe usted? Con pieles de ébano y dulces rostros sonrientes. Hasta a mí me hicieron temblar las rodillas. Se lanzaron todas sobre mí y me ayudaron a salir de la isla, después de obtener lo que ellas querían, claro.

—¿Y entonces?

—Ah, muévete un poco más. Así, así, ¡qué truhan! Dime que te gusta.

—Es como follarme a un perro.

—Mentiroso. Te siento toda la polla bien dura. Pues Jack, el pequeño Jack, se puso como un burro con mi relato. Se empeñó en que fuéramos los dos a esa isla, cuyas coordenadas no recuerdo: sé que está algunas millas al sur de la Hispaniola, en el medio de ninguna parte. No encontramos a nadie, pero Jack estaba cachondísimo. Yo estaba muerto de sueño, así que le dije que lo dejaba allí esa noche y que vendría a por él al día siguiente.

Marcellesi comenzó a masturbarse; Barnet sintió que su culo le apretaba la polla aún más y se forzó a seguir mirando rígidamente a la pared. Se concedió entregarse a los recuerdos y, sin quererlo, le agarró las piernas. El marinero dejó escapar un suspiro.

—Por cien mil bucaneros desnudos, eres un pillastre, Barnet. ¿Qué estaba diciendo yo…? ¡Jack! Sí, no lo encontré; busqué por todas partes, pero ni rastro de él, así que volví a la Hispaniola con un nudo en el pecho, creyendo que lo había conducido hasta la muerte. ¡Y resulta que regresó dos semanas después, sucio y ojeroso, pero encantado de la vida! Dijo que le habían enseñado cosas… ¡ah! Y que estaba muy agradecido… ¡oh!

—¿Y te lo follaste?

—¿Yo a él? Claro que no. —Marcellesi hizo una mueca que parecía una sonrisa—. Es aún más hetero que tú. Pero para demostrarme su agradecimiento, me hizo esto mismo…

El barco dio una sacudida, Marcellesi perdió su pipa y Barnet lo tuvo que agarrar para evitar que se cayera. En ese momento alguien abrió con un golpe la puerta de la cocina. Barnet soltó un juramento, soltó a Marcellesi y fulminó con la mirada al marinero que se hallaba en el umbral, que contemplaba la escena con la boca abierta.

—¿Qué demonios quieres?

—Ca… ca… capitán. —Barnet observó que el pobre diablo tenía los ojos desorbitados, y que temblaba tanto que amenazaba con caerse allí mismo—. ¡Tifón!

9

☠ ☠ ☠

—Kyle, pásame la salsa picante.

Kyle Lengua Larga miró a su derecha, un poco desubicado, y le alargó a Mil Cicatrices el cuenco. Tras meterse en la boca la mayor parte de la carne de su plato, el pirata se lo llevó a los labios y sorbió. Luego se limpió con el dorso de la mano.

Las cenas del *Vanidoso* eran siempre comunales y copiosas. El salón del barco, situado en la recámara de popa, ofrecía unos hermosos ventanales, que normalmente se quedaban abiertos para disfrutar del fresco de la noche. Los piratas se sentaban en torno a una mesa larga y ancha; no tenían sitio fijo, pero solían reservar cuatro lugares en el centro para el capitán, Anne Bonny y sus respectivas mascotas. Jack era de los primeros en echarle mano a los platos que salían de la cocina y le reservaba las partes más tiernas a su mascota, que a veces comía de su mano con unos ojos almendrados que auguraban las más cariñosas promesas.

Mientras masticaba, Mil Cicatrices observó que Kyle apenas había probado bocado y le dio un codazo.

—Oye, ¡se te va a quedar frío el asado!

El loro de Kyle emitió un chillido furioso y bajó a la mesa para picotear algunas migas de pan. Mil Cicatrices lo espantó. Solo entonces se dio cuenta de por qué Kyle había interrumpido su cena. Mary Read, esa muchacha inglesa que habían acogido tras atacar su barco, lo estaba mirando tan fijamente como si quisiera hipnotizarlo. Miró a su lado; Anne Bonny, ajena a lo que ocurría, se cortaba un pedazo de queso.

Observó al embelesado Kyle y aprovechó para inclinarse sobre su plato, cortar un pedazo de su carne y hablarle en susurros.

—Compañero, yo que tú no lo haría. Por mucho menos perdí yo media oreja.

Se puso el trozo de carne en el plato y se lo comió. Will el Gordo, el cocinero, odiaba que dejaran comida en la mesa; según él, aquello no era propio de un pirata. Entonces sintió una patada por debajo de la mesa y se incorporó, dispuesto a saltarle los dientes al agresor; pero solo vio a la mascota de la capitana, que enrojeció un poco y se disculpó.

—Perdón —dijo con voz apenas audible.

Mil Cicatrices volvió a sentarse, pero ya había captado la idea. Cuando sintió el pie al lado de su rodilla, se apartó un poco y permitió que encontrara su objetivo entre los muslos de Kyle. El pirata se sacudió, pero de su garganta no salió un solo sonido. Se apoyó contra el respaldo del banco y miró a Mary Read aún más arrobado. Mil Cicatrices vio cómo la planta del pie, enfundado en una media marrón claro, apretaba suavemente el bulto entre las piernas de Kyle.

—¡Graaak! —hizo el loro desde una viga del techo—. ¡Esto está muy, pero que muy bien!

Calicó Jack se chupó los dedos y miró al animal con curiosidad. Mil Cicatrices supo que tenía que actuar rápido y dio un codazo a su derecha.

—Jimmy, pásame el ukelele.

—¿Ahora?

—Tú haz caso de lo que te digo si no quieres cenar nudillos.

—Mandón —bufó Jimmy, pero rebuscó bajo él—. Toma.

Mil Cicatrices lo tomó y comenzó a rasguearlo con una de las pocas tonadillas que se sabía.

—*A sailor's life, it is a merry life, he robs young girls of their heart's delight* —croó.

—¡Por Dios! —Jimmy se llevó las manos a las orejas—. ¿No puedes cantar algo más alegre? O mejor aún, ¿no puedes no cantar en absoluto?

Mil Cicatrices lo ignoró. Los piratas habían comenzado a armar barullo. Uno de ellos comenzó a seguir el ritmo golpeando la jarra de cerveza contra la mesa.

—¡Graaak! ¡Más a la izquierda! ¡Más fuerte! —chilló el loro.

—*My true love, he makes the finest show, he's proper, tall, genteel withal* —Mil Cicatrices elevó el tono.

—*And if I don't have him, I'll have none at all* —se le unió Rita, que se subió a la mesa y puso uno de sus pies desnudos sobre el hombro de un sonriente Jack Rackham.

—Esto es una tortura. ¿No veis que nadie quiere escuchar estas cosas ahora? —protestó Jimmy.

—Habla por ti —dijo Nadie, que levantó su jarra—. ¡Bravo, Rita!

Un coro de sonidos jaleó. Era poco habitual que los piratas pudieran ver a Rita, la mascota, bailando para toda la tripulación en lugar de solo para Calicó Jack. Por alguna razón, se habían acostumbrado a la presencia de la mujer medio desnuda en su vida diaria, pero bastaba que Rita comenzase a contonear sus caderas para recordarles a todos que era capaz de provocar erecciones con solo guiñar el ojo.

Mientras ella cantaba y se apoyaba donde momentos antes había descansado la bandeja del asado, Mil Cicatrices miró a su izquierda: Mary, con los labios húmedos, bajó los ojos durante breves segundos; era todo lo que necesitaba Kyle para escurrirse y desaparecer bajo la mesa.

—*Oh, father, build for me a bonny boat, that on the wide ocean I may float* —voceó Mil Cicatrices, dando gracias de que los piratas estuvieran golpeando la tabla con sus manazas.

Jack se puso en pie y, con un rápido movimiento, aflojó una de las tiras de cuero del vestido de Rita, lo que mostró uno de sus pechos. Los piratas silbaron y palmearon con más energía. Rita se puso de rodillas sobre la mesa mientras Jack tomaba la jarrita de la salsa de vainilla y vertía un poco sobre la piel morena, para después inclinarse y lamer la salsa con la punta de la lengua hasta llegar al pezón.

—¡Oh, oh, qué sabor delicioso! —dijo el loro.

Mil Cicatrices comenzaba a quedarse ronco. Sobre la mesa, Rita y Jack seguían provocando a los marineros; a la derecha, Mary, sentada en su sitio con los ojos cerrados y el cuello hacia atrás, murmuraba algo mientras se agarraba al banco. Y a su lado, Anne Bonny observaba la escena completa con cara de pocos amigos.

Los ojos verdes de la capitana fueron de Jack y su mascota a la muchacha. Se levantó sigilosamente y se colocó detrás de ella. Mil Cicatrices cantó tan fuerte como pudo, pero fue en vano. Anne Bonny abrazó a la joven y puso los labios en su cuello; instintivamente, Mary se echó un poco hacia atrás, y ese fue el momento que la pirata aprovechó para meter la mano bajo la mesa, rápida como el relámpago. Mary puso cara de horror. Mientras Jack Rackham terminaba de lamer la salsa del pecho de Rita, se escuchó un trueno, el barco se agitó un poco y Anne Bonny sacó a Kyle Lengua Larga de debajo de la mesa por los pelos.

—¿Qué hacías ahí, miserable? —le espetó.

—Mi capitana, ¡no es culpa suya! —gimió Mary.

Kyle pataleaba. Tiró una jarra de cerveza, que se hizo añicos contra el suelo. Anne Bonny lo arrojó contra la pared y desenvainó el sable que llevaba colgado de la cintura; el resto de piratas se volvieron para mirar la pelea.

—Ya que esa lengua muda tuya es tan aventurera, voy a probar a rajarte los labios y la nariz. A ver si así te quedan ganas de desobedecerme la próxima vez.

—¡Graaaak! —El loro se puso a aletear por todo el salón—. ¡La nariz no! ¡La nariz no!

Jack trató de intervenir, pero entonces restalló un trueno más fuerte que el resto. La lámpara del techo dio una sacudida y varias chispas cayeron sobre el tricornio del capitán, que se lo quitó y comenzó a golpearlo contra la mesa para apagar el fuego. Anne Bonny se apartó del marinero con un ceño de preocupación.

—¿Qué sucede?

—Estimada Bonn, creo que tenemos encima una tormenta —respondió Calicó Jack.

Varios piratas se apresuraron a cerrar las ventanas del salón. Casi de inmediato, comenzó a llover. Hubo un alboroto caótico mientras recogían los platos de la cena.

—¡Todos a cubierta! —ordenó Anne Bonny.

—Las mascotas no. —Calicó Jack detuvo a Mary, que se apresuraba a seguir a su capitana—. Vosotras refugiaos en el jardín. No te preocupes, perrita mía; bajaré en cuanto pueda.

10

☠ ☠ ☠

—¿Ves algo más? —preguntó Mary.

Rita escudriñó a través de la claraboya y negó con la cabeza.

—Con esta lluvia, es imposible. —Un relámpago iluminó la estancia, seguido por un trueno que sonó como una explosión—. Creo que tendremos que esperar a que pase la tormenta.

Mary se abrazó las rodillas. Se sentía aterida y mareada. El barco, que hasta entonces le había parecido cómodo, se movía como una cáscara sobre las olas.

—¿Siempre hay que quedarse abajo cuando pasa algo?

—Es más seguro.

—¡Salvo si el barco se hunde!

—No se va a hundir, mi niña. Los capitanes son marineros expertos. Solo hay que bandear los elementos lo mejor que se pueda hasta que llegue la calma.

Escucharon gritos y crujidos de pies que corrían por encima de ellas en cubierta. Mary se puso de pie y miró hacia el techo del camarote. Rita volvió a la claraboya y la empujó un poco hacia arriba para escuchar.

—¡… viene hacia nosotros! —parecía la voz de Jimmy.

—¡Hay que virar todo a babor! —ese era Calicó Jack.

—¡… no seas imbécil! ¡El viento viene de babor, nos alcanzará igual! —respondía Anne.

Rita había enmudecido. El agua que se colaba por la claraboya le empapaba la cabeza. Mary tomó una decisión:

—Voy a salir a ayudarlos.

—Pero no…

—Me horroriza acabar mis días en la tripa de un pez. —Mary trepó, abrió la claraboya y recibió una bofetada de la lluvia arrojada por el viento—. Tú quédate si quieres.

Se abrió paso y corrió hacia donde estaba Anne Bonny, cerca del timón de proa. La capitana no pareció sorprenderse de verla. Mary abrió mucho los ojos y vio lo que había asustado tanto a los piratas: una sorprendente masa de agua en el horizonte que se extendía de arriba abajo, del cielo al mar, como un tornado. Un intenso murmullo sordo atravesaba el aire como una canción.

—Tenemos que apartarnos de su camino —dijo Anne—, pero es muy difícil prever la trayectoria que va a tomar.

Entonces Mary distinguió otra cosa sobre las aguas. Era un barco pequeño, de un solo mástil, que luchaba desesperadamente contra las olas que lo atraían hacia el tifón, a punto de zozobrar. La visión de David contra Goliat la conmovió, y algo le oprimió el corazón cuando vio que el barquito enarbolaba bandera inglesa.

—Oh, ¡pobres marineros!

—Lamentablemente, están en el punto más vulnerable —rugió Calicó Jack—. Hagan lo que hagan, el tifón acabará por absorberlos.

—¿Y no se puede hacer nada por ayudarlos?

—Podemos intentar lo que te dije antes: pasar a su lado y arrojarles un cable —gritó Anne Bonny por encima de la tormenta.

—¡Me niego! —chilló Jack—. He invertido mucho dinero en el *Vanidoso* y no estoy dispuesto a hacer maniobras de opereta.

—No nos vendrían mal unas manos más en el barco —dijo Anne—. ¿Quién está de acuerdo conmigo? Que levante la mano.

Mary alzó la mano. Vio que otros piratas levantaban manos y garfios aquí y allá. Aferrado al timón, Kyle Lengua Larga consiguió levantar un poco la mano derecha, pero resbaló y el barco viró bruscamente.

Mary se lanzó a agarrar el timón, pero este giraba con demasiada fuerza y acabó por escurrírsele. Se hirió las rodillas contra el suelo. Vio que Jack se había apresurado a ayudarla; el pirata agarró el timón con fuerza y logró estabilizar el barco. Mary se puso en pie y tiró de él en dirección a la pequeña balandra.

—Hacia allá no —masculló Jack—. ¿Quieres hacerme caso, por cien mil babosas marinas? No podemos…

Resbaló y cayó. Mary hizo un esfuerzo descomunal por mantener el rumbo; se agarraba al timón con tanta fuerza que no sentía las manos. Por detrás de ella escuchó la risa de Anne Bonny.

—Creo que la mascota está desarrollando carácter.

—¿Vas a dejar que haga lo que quiera? —dijo furioso Calicó Jack—. Oh, ¡mis pantalones, mis maravillosos pantalones importados de Portugal! Ya estoy harto, ¡que dirija este barco Rita!

—Temo que no es su especialidad, querido —Anne se colocó junto a Mary y la ayudó a tirar del timón.

La balandra estaba más cerca y se acercaba a buen ritmo. Mary comprobó con temor que también lo estaba el tifón, y comenzaban a sentir el efecto de sus vientos. Pronto el timón sería ingobernable. En ese momento tomó el control Kyle Lengua Larga, que se abrió paso entre ella y la pirata y lo sujetó con manos de hierro. Mary entendió que tenían unos minutos antes de ser arrastrados.

—¡Preparad el cable! —ordenó Anne Bonny.

—¡Arriad la vela del trinquete! —dijo Calicó Jack—. Costó más que el pellejo de cualquiera de vosotros, y eso que era de contrabando.

Con alivio, Mary vio que la distancia entre ambos barcos se reducía. La bandera inglesa, rota y vapuleada, ondeaba todavía en el palo mayor de la nave. Distinguió varias figuras en cubierta, en especial la de un oficial alto y corpulento. Pronto la desazón de aquellos hombres se convertiría en júbilo… Muy pronto…

—¡Cuidado! —gritó entonces alguien.

Hubo un momento de silencio. Entonces Mary vio en el otro barco un movimiento que le parecía extraño. Apenas pudieron reaccionar; el cañón de la balandra se había dirigido hacia ellos y, cuando abrió fuego, el impacto de la pólvora les hizo saltar por los aires.

11

☠ ☠ ☠

—¡Capitán! ¿Está loco? —escuchó gritar al timonel por encima de la tormenta.

Barnet no hizo caso. Hizo una señal al contramaestre y este ordenó, a su vez, disparar otra ráfaga de cañonazos contra el bergantín de la bandera de la calavera. A través de la cortina de agua y polvo, vio que se iniciaba un pequeño fuego en el lado derecho y que se desprendía la vela del palo mayor.

—Objetivo a las doce —bramó—. Dos andanadas más y podremos hundirlo.

—¡Necio! —gritó alguien. Marcellesi, totalmente empapado, se puso delante de un cañón para impedir que el bucanero volviera a cargarlo—. Ese barco es nuestra única esperanza, ¿y tú quieres echarlo abajo? Deja las poses de macho cabrío para cuando estemos en tierra, ¡yo voto por salvar las pelotas!

Algunos apoyaron a Marcellesi; otros gritaron a favor de John Barnet. En la nave de los marineros mansos se formó un repentino guirigay en el que comenzaron a volar puñetazos, zapatazos y algún que otro diente. Barnet sacó la pistola y disparó al aire.

—¡He dicho que vamos a hundir ese barco!

Se oyó un quejido proveniente del timón.

—Capitán, el viento nos arrastra, ¡no puedo evitarlo! —gimió el timonel.

Exhausto, se dejó caer sobre la cubierta, mientras el contramaestre se apresuraba a intentar retomar el control del barco. John Barnet contempló con el rostro impasible el inmenso tifón que se acercaba a ellos y desvió la mirada hacia la cubierta del barco de Jack Rackham. Parecía… sí, allí estaba él, agitándose como una cucaracha de mil colores, y al otro lado la mujer de cabellos rojos como el fuego. Los dos habían sobrevivido al impacto, aunque Barnet no podía saber si estaban heridos.

Barnet entrecerró los ojos y, por un instante, creyó distinguir los de la mujer pelirroja sobre él; esto lo distrajo lo suficiente para no ver nada hasta que le retorcieron el brazo. Sintió que alguien tiraba de él y, cuando se resistió, varios sables le apuntaron a la garganta.

—Deberías saber que los capitanes sabios viven muchos años —masculló Marcellesi—. Los que no escuchan a su tripulación van directos al agua patos.

De un fuerte empujón, lo arrojó por la borda.

12

☠☠☠

—Es él, no me cabe duda —dijo Anne Bonny, mientras se inclinaba sobre Mary Read para ayudarla a levantarse.

Mary sentía la cabeza palpitante y pesada. Observó su pecho izquierdo y se llevó un susto al ver que estaba manchado de sangre; sin embargo, se dio cuenta de que no era suya sino de Lengua Larga, cuyo brazo derecho había quedado atrapado bajo unos tablones. A su lado, Calicó Jack estaba sucio, magullado y arrastraba un poco una pierna, pero parecía encontrarse bien.

—Cariño, los dos sabemos que eres un poco miope. ¿Seguro que no te has equivocado?

Calicó Jack levantó un tablón y Kyle Lengua Larga se arrastró hasta un rincón sujetándose el brazo. El cirujano del barco, un pirata bizco al que llamaban Loch, iba de un lado a otro, sin saber a quién atender primero.

—Ese es Barnet, si alguna vez vi un mequetrefe semejante —dijo Anne—. ¡Víbora, cobarde, marinero de agua dulce! Preparemos los cañones. Voy a destrozarlo.

—Cielito mío, la vela es lo más importante ahora —Jack señaló hacia arriba—. Sin eso, estamos perdidos.

—Subiré yo misma y la ataré.

—Yo iré con usted, capitana —dijo Juan Nadie.

Jack y Mary observaron como los piratas se acercaban a ambos lados del barco y comenzaban a trepar por los cables en torno al palo mayor. La tormenta no decaía: la vela suelta los golpeaba y dificultaba su subida. Calicó Jack puso un rostro inusitadamente serio, echó un vistazo a proa y se volvió hacia Mary.

—No los pierdas de vista —ordenó—. Tengo que recuperar el control.

Fue a toda prisa hacia el timón, sorteando los agujeros que la pólvora había dejado en la cubierta. Todavía confusa, Mary dejó que el cirujano Loch la examinara y metiera la mano bajo su falda rasgada para limpiar el polvo de las balas de cañón. Salvo ese detalle, estaba perfecta, le dijo. Sin prestar atención, Mary siguió con la vista a las dos figuras que intentaban arriar la enorme vela desde el palo de mesana.

—¡Ah del barco! —escuchó gritar a los marineros del barco inglés—. ¡Necesitamos auxilio! ¡Echen un cable!

—¡Enseguida! —respondió Jack.

El *Vanidoso* se aproximó más a la nave enemiga y, en ese momento, Knotman Larsson y Mil Cicatrices encendieron la mecha de los cañones, cuyas balas se estrellaron sobre las maderas del barco inglés. El palo de la balandra se tambaleó; hubo revuelo en el barco, que respondió con más cañonazos. Uno de ellos se llevó por delante la cofa de vigía del *Vanidoso*, cuyos restos cayeron sobre Nadie y Anne Bonny. Mary contempló con horror como la vela se rasgaba y el pirata perdía pie y caía al mar.

—¡Hombre al agua! —gritó alguien desde estribor.

El tifón ya estaba casi encima de ellos, con su sorda canción. Mary entendió, con una claridad reveladora, que no había escapatoria. Que liarse a cañonazos había sido la peor decisión que podían haber tomado ambas naves. Y que si alguna vez ella dirigía un barco, se cuidaría muy mucho de lanzarse a hacer algo parecido sin pensar antes en las consecuencias.

Pensó todo esto mientras Anne Bonny se tambaleaba en el palo de mesana tras lograr sujetar la vela; igual que Juan Nadie, cayó desde gran altura, pero en el último momento chocó contra una red que amortiguó el descenso al vacío e impidió que se precipitara al mar.

—¡Capitana! —gritó Mary.

Abriéndose paso, corrió hacia el cuerpo inerte sobre la cubierta. Palpó y creyó distinguir un débil latido. Entonces Anne Bonny se estiró, soltó un gruñido que parecía casi el de un animal y volvió a quedar inconsciente. Mary Read arrastró su cuerpo hasta una esquina protegida de la lluvia y tomó la cabeza de la pirata entre sus brazos.

El tifón estaba a punto de absorber a los dos barcos. Mary vio a Calicó Jack como una única figura recortada contra la oscura manga de agua que se elevaba del mar al cielo. La nave inglesa soltó otra débil andanada que no les alcanzó.

De repente, sin previo aviso, Calicó Jack viró el timón y apuntó con el palo bauprés al costado del barco enemigo. Mary escuchó los sonidos de alarma de los marineros ingleses; el *Vanidoso* se elevó un poco con una ola, Jack soltó un aullido de victoria y la proa del barco pirata cayó como un cuchillo sobre la pequeña balandra.

Se oyó el sonido de la madera al romperse. Medio partido en dos, el barco inglés comenzó a hacer aguas rápidamente. ¡Naufragio! Mary vio que los marineros ingleses se dispersaban como insectos, se arrojaban al mar; ya no les importaba nada.

Sintió que comenzaban a girar, atraídos por el tifón; Jack se sujetó con fuerza al timón, pero una ola cayó sobre él. El *Vanidoso* giraba cada vez más deprisa. Mary apretó la frente contra el rostro de Anne Bonny y cerró los ojos.

13

Se dio cuenta de que estaba apretando los párpados y los abrió. Al principio no vio nada; después se formó ante sus ojos la banda herrumbrosa y dañada del barco.

—Un poco de carpintería y quedará como nuevo —decía una voz desconocida—. Yo podría encargarme del trabajo. Solo os costará diez piezas de plata.

Se incorporó. Alguien había tenido la delicadeza de ponerle un montón de cuerdas como almohada, pero lo sorprendente era que el cielo estaba de nuevo despejado y el mar en calma. El sol se levantaba tímidamente en el horizonte. Aparte de las velas rasgadas y empapadas, no había rastro alguno del tifón que había estado a punto de tragárselos.

Knotman Larsson y Mil Cicatrices estaban discutiendo junto al timón roto con un marinero viejo que Mary no había visto en la vida. Supuso que era miembro de la tripulación del barco que los piratas habían hundido. Ellos lo miraban con rostro feroz; el marinero sacó una larga pipa del bolsillo, le dio la vuelta y dejó que el agua retenida dentro cayera al suelo.

—Lo harás gratis o volverás a ser pasto de los peces, igual que tus compañeros —dijo Mil Cicatrices.

—Muchachos, se gana más negociando que amenazando. Primero deberíamos pensar en secarnos la ropa. ¿Por qué no nos quitamos las camisas? Puedo usarlas para sujetar la pieza en su sitio mientras pensamos qué más hacer. —En ese momento vio a Mary—. Vaya, veo que lleváis mujeres en el barco. Una inquietante costumbre moderna, sin duda.

—Señorita Mary —Mil Cicatrices se inclinó un poco y la miró con cara un poco rara—, nos alegramos de ver que se encuentra mejor.

—¿Qué ha pasado? —preguntó Mary.

—¡No *tenerrr* idea, señorita! —dijo Knotman, con sus bigotes rubios y su rostro colorado—. Ciclón *estarrr* encima de nosotros, yo *pensarrr*: tengo que dar gracias a Santa Rita, no Rita del capitán, sino Rita, patrona de los piratas *hispanioles*, por *haberrr* mantenido a salvo botella de aquavit y *entrarrr* ya borracho en el Walhalla, ¡ja, ja! Pero ciclón *desaparecerrr* de repente; columna extinguirse como llama en el mar, y yo ya haber hecho *desaparecerrr* aquavit en mi estómago; y ni siquiera *estarrr* borracho, ¡ay de mí!

—El capitán nos ha ordenado virar rumbo este —Mil Cicatrices dio un codazo al otro pirata—, en cuanto esta especie de lenguado famélico que hemos rescatado del agua nos ayude a reparar el timón.

—Giulio Marcellesi, para servirle a usted y a Su Majestad, señorita. ¿O debo decir señora? Debo decir que, con ese atuendo, la palabra «señorita» no se forma en mis labios.

Mary se observó. La falda de mascota que llevaba estaba desgarrada y embarrada. Había perdido la diadema de gato y el corpiño tenía un agujero en el costado. Se tapó con una mano e, ignorando a Marcellesi, preguntó a los piratas:

—¿Dónde están los capitanes?

—Abajo, en su camarote —respondió Mil Cicatrices—. Lamento decirle que la señorita Anne no se encuentra nada bien, pero el capitán ya se está ocupando de ella.

Mary giró sobre sus talones y trastabilló sobre la húmeda cubierta en dirección a las escaleras. Por detrás escuchó decir a Marcellesi:

—Cuando acabéis de mirar, podemos empezar a trabajar. El de la cara rajada, ¿llevas una pistola o es que te alegras de verme?

El techo se había desprendido en parte y Mary tuvo que hacer equilibrios para pasar a través de los escombros. Continuó caminando a cuatro patas hasta que se dio cuenta de que a nadie le importaba; entonces se puso de pie y caminó hasta la puerta del camarote de Anne Bonny.

Dentro se oían voces. Llamó suavemente y Calicó Jack abrió.

—Pasa.

Mary entró. Anne estaba tendida en el jergón, con los ojos cerrados. A sus pies, muy callada, estaba echada Rita, que parecía totalmente ilesa; a su lado se encontraba el cirujano Loch, escuchando el latido de su corazón con algo similar a un embudo. El camarote olía a sal, a pólvora y a enfermedad.

Jack cojeó sin hacer ruido hasta el cirujano.

—¿Aguantará hasta que lleguemos a tierra? —preguntó.

—Es difícil saberlo —respondió Loch—. Tengo que atender a otros y no me quedan medios. Debería beber infusiones calientes de flor de saúco para recuperarse.

—¡Claro! Y es sencillo conseguir eso en alta mar —estalló Jack—. ¡Largo de aquí, bebe-sin-sed! Vete a atender a Nadie.

—¿Nadie sigue vivo? —preguntó Mary.

Tres pares de ojos se volvieron a ella. Recordó que estaba medio desnuda y sintió vergüenza. Se apoyó contra la pared mientras el cirujano recogía sus cosas.

—Hoy nadie ha acabado en la barriga de un tiburón —ronroneó Rita.

—¡Qué horror!

—No se refiere a Nadie —aclaró Jack—, sino a nadie. Nadie en concreto, ninguna persona, cero, ningún pirata del *Vanidoso* se ha ahogado hoy —dijo—. A Nadie lo rescató del mar Marcellesi, el marinero del otro barco. Un buena pieza, sí, señor; lo sabré yo. Solo tenemos una espalda rota, un cráneo partido en dos por un gancho descolgado, un par de traidores asfixiados al intentar huir en la chalupa de salvamento y unas pocas mutilaciones, que Loch ya ha solucionado con garfios y patas de palo. La verdad es que no es un mal balance, sobre todo tras hacer frente a un tifón.

—Bueno, que haya suerte —se despidió el cirujano—. ¿Usted se encuentra bien, señorita?

—Perfectamente. —Mary se apartó de las manos que ya querían reconocerla.

—Entonces, hasta luego.

La puerta se cerró. Jack estiró la pierna con un gesto de dolor y avanzó hacia la cabecera de la cama. Observó a Mary mientras esta acudía al lugar donde había dormido todas las noches y se tendía al lado de Anne Bonny.

—Deberías quitarte esa ropa, estimada Mary. Como diría mi anciana madre, no es apropiada para el lecho de un enfermo.

—¿Y qué me pongo? —preguntó Mary.

Rita se acercó para ayudarle a quitarse el corpiño. El capitán esbozó el inicio de una sonrisa.

—No hace falta que te pongas nada, querida. Túmbate a su lado y dale calor. No descartaría que se produjeran recuperaciones milagrosas.

Mary dejó que Rita la desnudara por completo y se llevara los andrajos. Le gustó volver a sentirse desnuda, sin paños mojados que acumularan sal en sus heridas y rasponazos.

Pensó en los elaborados vestidos que había llevado en Londres y los sintió lejanos y extraños.

Levantó las mantas y se metió en la cama de la capitana, arrebujándose contra ella. Era la primera vez que se le permitía tal privilegio y le pareció que las mantas estaban más suaves que ningunas otras que la hubieran arropado.

—¿Adónde vamos? —preguntó.

Jack las miró sin sonreír.

—A Santiago —respondió—, a casa de mi anciana madre.

14

☠ ☠ ☠

Cuando John Barnet fue absorbido por el tifón, buscó en su cabeza una oración. No encontró ninguna y decidió que al menos entraría en el infierno con paso firme, tal como había vivido.

Una tabla de madera pasó cerca de él y se agarró a ella con ambas manos, mientras se alejaba más y más de la batalla naval. Las olas crecieron y la corriente se hizo más rápida; Barnet se subió a la tabla y esperó. Una ola lo elevó por los aires; la segunda lo hizo desaparecer bajo el agua. Barnet contuvo la respiración hasta que el mar pudo más que él y se metió por su nariz, su boca y su garganta, llenándolo todo.

De pronto, sintió aire a su alrededor y abrió los ojos. Por un instante se vio fuera del agua, alzado por alguna fuerza misteriosa. Parecía encontrarse en el centro del tifón; allá dentro todo se movía más despacio, reinaba el silencio absoluto y no había ninguna presencia, salvo la de él y la de la criatura que le miraba cara a cara.

No había palabras para describir a aquella bestia innombrable. Barnet profirió un grito de pánico y fue consciente del agua que brotaba de sus pulmones. Cayó en la oscuridad de nuevo, se hundió como una piedra y el mar volvió a llenarle la boca, a atronarle los oídos y a hacer que luchara inútilmente contra la muerte mientras se ahogaba.

Entonces sintió unas manos que lo agarraban y tiraban de él hacia abajo.

Lo siguiente que supo fue que alguien lo sacudía y que él escupía agua sobre un suelo de piedra. Le dolía el pecho y sentía un horrible silbido en los oídos. Trató de levantarse, pero estaba demasiado débil.

—Bienvenido, marinero —dijo una voz femenina.

Barnet logró incorporarse sobre los codos. A su alrededor brillaba una luz mortecina que parecía hecha de millares de pequeñas estrellas. Poco a poco, distinguió los rostros de tres mujeres y se dio cuenta de que el resplandor provenía, en parte, de sus largos cabellos, que adornaban con diademas y redecillas. Una era morena; la segunda, castaña, y la tercera tenía una melena de color platino. Aunque eran jóvenes y atractivas, un extraño impulso le instaba a apartarse de ellas.

—¿Quiénes sois? —preguntó.

Dos de las mujeres se miraron y compartieron una sonrisa.

—Somos retazos de la imaginación de los hombres del mar.

—Sí, habitualmente nunca llegáis a vernos.

—Pero nos soñáis por las noches. En el mar, cuando os quedáis dormidos en cubierta; junto al ojo de buey del camarote; y en tierra, cuando escucháis el sonido de las olas, acostados en el lecho de otras mujeres…

—Yo nunca sueño —dijo Barnet.

—Todos los hombres sueñan —respondió la rubia.

Acercó su rostro al de Barnet y este notó un fuerte olor a pescado. Para su sorpresa, su polla reaccionó inmediatamente y se endureció. La mujer rubia le besó con unos labios húmedos y resbaladizos; Barnet extendió la mano para tocarla y deslizó los dedos por su hombro, un pecho, el costado…, escamas.

—¡Por todos los santos!

Las mujeres se rieron mientras él se echaba hacia atrás. De cintura para arriba eran como cualquier otra; si acaso, poseían una belleza irreal que habría cautivado al marinero más indiferente. De cintura para abajo, tenían cola de pez. La morena sacudió la cola traviesamente y dio un salto para situarse al lado de Barnet.

—¿Es que hay algo que no te gusta? —bromeó.

Barnet boqueó. La mujer le acarició la cara y desabotonó lo poco que quedaba de su chaqueta de capitán. Pensó que aquel lugar era el infierno; o, dado lo absurdo que parecía Dios en el mundo de los vivos, podría ser incluso el cielo.

—¿Estoy muerto? —preguntó con cautela.

—No, marinero —respondió la del pelo castaño, que reptó para acercarse a él—. Estás vivo y coleando. Este es solo un lugar a muchos metros de la superficie del mar, cuya ubicación mantenemos en secreto por razones de seguridad. Lo llamamos el Origen de la Colonia. Nadie puede llegar aquí sin nuestro permiso ni, por supuesto, marcharse.

Barnet detectó una advertencia en aquellas palabras.

—Estábamos jugando en el centro del tifón —dijo la rubia—, como hacemos a menudo, cuando te vimos.

—Y pensamos que eras justo lo que busca nuestra reina.

—Un perfecto ejemplar de humano. —La morena bajó la mano por su pecho hasta llegar al ombligo—. Guapo, fuerte… y vigoroso.

Barnet tragó saliva cuando la mano le agarró el pene. No podía negar que aquellas mujeres eran atractivas, pero el mundo de sus fantasías era bastante limitado. Nunca había pensado en hacerle el amor a una sirena; ni siquiera sabía si era posible. Examinó el rostro de las chicas pez, sus cabellos largos, sus pechos generosos y erguidos.

Sus colas de pescado.

—¿Y para qué me necesita vuestra reina, si puede saberse?

La mujer morena le acarició mientras la del pelo castaño se le abrazaba a las rodillas.

—Cuenta la leyenda —dijo esta última— que hace tiempo nos apareábamos con los marineros más jóvenes y fornidos para engendrar nuestra progenie. Por desgracia, en las últimas décadas nos es cada vez más difícil.

—Cada vez hay menos jóvenes aventureros que se hagan a la mar a ver mundo —La rubia frunció el ceño— y muy pocos príncipes solitarios por las playas.

—Todo lo que nos encontramos son piratas malolientes, marineros más interesados en el trasero de sus compañeros y soldados demasiado viejos para engendrar hijos sanos —susurró la morena mientras rebuscaba bajo el pantalón de Barnet—. Pero nuestra reina dice que esto acabará pronto. Tiene que llegar un humano que se aparee con ella para engendrar al Semental del Mar, aquel que se apareará con todas nosotras y hará que dejemos de depender de los hombres.

Barnet trató de pensar. Era complicado con tres mujeres sobre él, por mucha cola de pescado que tuvieran.

—Es decir —dijo, sumando dos más dos—, queréis que deje preñada a vuestra reina.

La mujer rubia se rio y le rozó la mejilla con un pezón.

—Simplificando mucho, es la idea. Con nuestra ayuda, por supuesto.

—¿Y yo qué obtengo a cambio?

—Tu libertad. —La del pelo castaño con destellos de plata lo miró con firmeza—. Una vez hayas cumplido tu propósito, te devolveremos a tu mundo, a una playa de tu elección. No verás nada, pero te garantizo que será un viaje agradable. No desdeñes el poder de las sirenas: estamos emparentadas con todos los seres antiguos del mar.

John Barnet calló unos instantes. La sirena morena le había bajado los pantalones y le lamía ahora la punta del pene. Barnet abrió un poco los muslos, apoyó la mano en su nuca y se dejó hacer. Los labios de la mujer sobre él se sentían maravillosos después de lo que había vivido.

—Vuestra reina, ¿es como vosotras?

—Mitad humana, mitad pez —convino la rubia.

Barnet inspiró profundamente.

—De acuerdo entonces.

Las mujeres se apartaron de él al instante, o casi. La del pelo castaño tuvo que coger por el brazo a la morena, que se desprendió de su pene con un sonido parecido al de abrir una botella. Soltaron un chillido que Barnet entendió que era de júbilo y que le hizo llevarse las manos a los oídos; en los recovecos de las rocas comenzaron a aparecer más rostros de mujer.

Las sirenas reptaron hasta formar un círculo en torno a Barnet y comenzaron un cántico que retumbaba en las paredes de la caverna. Barnet sintió que su polla se encogía mientras terminaban de desnudarlo y lo llevaban casi en volandas hacia las profundidades. No era exactamente como contaban las viejas historias.

15

—¡Anormal, arrapiezo, asalvajado, bobo, bruto, calavera, carcamal, cochino!

Mary observó a la pequeña y arrugada mujer que salía a toda prisa de la pequeña granja. A su alrededor, todo era paz: un frondoso bosque, un corral de gallinas junto a la casa revestida de yeso y el mar lamiendo el acantilado. Todo, salvo la señora en sí.

Los piratas de la comitiva se removieron y algunos se apartaron del camino de la anciana, que avanzó hasta Jack con gesto feroz y se le colgó del cuello.

—Mami, mami, basta —Jack trastabilló sobre su bastón—, me estás ahogando.

—¡Qué te voy a ahogar! ¡Despendolado, diablo, energúmeno, feo, filibustero, gandul, granuja, guarro, hijo de tu padre! —La señora le dio un beso muy apretado—. Te me presentas aquí sin avisar y con todos tus amigotes después de haber estado fuera dos años, ¿a ti te parece normal? Y tu mujer enferma, ¡lo que te tendrá que aguantar, pobrecilla! —Se fijó en Mary por primera vez—. ¿O es que ya no es tu

77

mujer? ¡Imbécil, inútil, irresponsable, jorobado, kilo de pústulas, lila, luciérnaga, mastuerzo, miserable!

—En realidad nunca lo ha sido, mami.

—¡Ah! Me venís a mí con modernidades. Vas a matarme a disgustos. Primero lo de meterse a pirata, y después esto. ¡Bien sabe Dios que yo no juzgo a nadie! Pero lo vuestro, yo es que no lo entiendo, no lo entiendo. Porque si no son tus mujeres, estas señoritas, ¿qué son?

—Te presento a Mary Read —dijo Jack—, a quien conocimos en un viaje especialmente lucrativo. La otra es Rita, que recordarás de otras ocasiones.

—Válgame Dios. —La señora se persignó—. ¡En fin, de perdidos al río! ¿Qué hacéis ahí todos como pasmarotes? ¡Anda y diles a tus piratas que entren y que se laven las manos, necio, nulidad, ostrogodo, papanatas, pazguato, pimpollo!

—Es inofensiva —le susurró Jack a Mary al oído, mientras subían por el sendero hacia la pequeña hacienda—. Su único mal en la vida es retorcerles el cuello a las gallinas y haberle echado mal de ojo a mi padre. Pero ni siquiera en eso tuvo suerte. Era un funcionario inglés y, según dicen, murió hace poco en su cama, feliz y rodeado de todo lujo. Creo que lo máximo que mi madre logró fue provocarle una bronquitis crónica.

Mary asintió e hizo cola con el resto de los marineros para lavarse. Le resultaba extraño estar de nuevo en tierra; casi podía decir que se mareaba. Por toda ropa llevaba un ligero vestido de seda de Rita, lo cual no era mucho decir. En el ajetreado puerto de Santiago, su presencia había provocado miradas y silbidos de los marineros, y un oficial incluso se había acercado a ella para examinarla detenidamente. Mary se había sentido intimidada bajo tal escrutinio y se había acercado a Jack.

Por su parte, los piratas se habían esmerado por pasar por una panda de comerciantes despreocupados. Mil Cicatrices llevaba una flor en la oreja. Knotman Larsson se había afeitado y se había puesto la camisa de los domingos. Jimmy el Guapo había doblado su pañuelo de pirata y se lo había colocado de forma casual en el bolsillo; y Kyle Lengua Larga escondía su nuevo garfio bajo una manga especialmente grande. Todos, salvo Jack, se habían embadurnado en perfume.

Jack vestía ahora unos pantalones morados, un chaleco plateado y una camisa verde con ribetes de oro. Cuando se sentaron a la mesa, Mary observó que tocaba la cintura de Rita y la atraía hacia sí, con lo que se mantuvo a distancia. Aunque aún le costaba un poco entenderlo, sabía que el capitán y la mascota tenían sus propios rituales y que la comida era un momento íntimo para ellos.

Se dispuso a centrarse en su plato cuando la madre levantó el cucharón y sobre él cayó un bloque de arroz, patatas y frijoles.

—A ver si al menos coméis algo sano —gruñía la señora mientras continuaba sirviendo a los piratas—, ¡que me traes una cara, ratero, rufián, sinvergüenza, soso, tontaina, truhan, ungulado, vándalo, verraco!

—Capitán —casi lloriqueó Larsson—, no *gustarrr* los frijoles.

—La verdad es que se come mejor en el barco, y hay alcohol —musitó Mil Cicatrices removiendo sus patatas.

—¿Qué decís por aquí? —La madre de Jack golpeó a Mil Cicatrices con el cucharón en la cabeza—. A comer todos y sin rechistar. ¡Quiero ver esos platos limpios y rápido, que tengo que echarme la siesta! ¿Aquí nadie tiene esa buena costumbre? Esto es todo por tu mala influencia, xenófobo, yuyu, zulú…

Dirigió una mirada especialmente áspera a Mary y a Rita y desapareció en dirección a la cocina. Mary aplastó un poco la comida en el plato y miró al perro que iba y venía por debajo de las piernas de la mesa. Esperó a tener ocasión y le ofreció el plato al animal; después se excusó y salió del comedor entre miradas de envidia.

Subió las viejísimas escaleras y se abrió paso entre dos telarañas hasta llegar al desván. Entró y cerró la puerta.

Anne Bonny yacía con los ojos cerrados en la gran cama de madera que en algún otro momento quizás había servido como lugar de prestación de servicios para la madre de Jack. Un rayo de sol entraba por la ventana e iluminaba su cuerpo, que parecía agotado y demacrado. En la cabecera de la cama había un crucifijo, un plato de agua con una rama floreciente, algo que parecía una cinta con varios nudos y una vela apenas consumida sobre un candelabro.

Mary se tumbó a su lado y se apoyó sobre el codo.

—¿Cómo te encuentras? —preguntó.

Anne no se movió.

—Han vendido parte del cargamento del barco. Jack lo llama «limpiar fondos». No sé a qué se refiere, pero ahora tenemos carne en salazón y más cosas para cuando zarpemos de nuevo en busca del snark. ¿Aún quieres encontrarlo, verdad?

Anne no dijo ni que sí ni que no. Mary suspiró y se apoyó contra su hombro.

—Capitana, me sigues debiendo un castigo. Jack se ha ofrecido a impartirlo, pero sé que al menos te gustaría verlo. ¿Por qué no abres los ojos y me miras? Hay cosas que no han cambiado.

Mary tomó la mano inerte y se la pasó por el cuello para que la capitana pudiera sentir el tacto del cuero y el hierro de su collar. La sensación de aquella mano sobre ella la encendió. ¿Y si...?, pensó, sin atreverse aún del todo. Besó la palma, se rozó contra los dedos y por fin la dejó de nuevo a su lado.

Anne Bonny continuaba sin moverse.

Mary echó un vistazo rápido a la puerta y destapó las sábanas. Vestida solamente con un camisón de color vino, la capitana tenía un aspecto mucho más vulnerable que nunca. Puso los dedos en sus labios entreabiertos; después bajó y dejó que la palma de su mano descansara en uno de sus pechos. Lo tocó. No hubo reacción, con lo que pasó la mano al otro y lo apretó. Creyó distinguir que el pezón se endurecía ligeramente; lo tomó entre los dedos y frotó la punta. Sí... lo había logrado.

Se sacó el vestido de un tirón y se sentó a horcajadas sobre la capitana. Hundió el rostro en el hueco de su hombro y le lamió la zona más sensible del cuello, mientras con los dedos seguía estimulando el pezón. Colocó la otra mano sobre el otro pecho y creyó notar que Anne Bonny se agitaba un poco debajo de ella. Apenas era una señal, un movimiento involuntario, pero era más de lo que había hecho en los últimos días.

Mary apretó las caderas contra ella, desató el cordón del escote del camisón y descendió para besarle los pechos. Se apartó un poco para subirle el borde de la prenda y sintió una alegría desbordante cuando los rizos del sexo de Anne Bonny contactaron con los suyos. Empujó para abrirle las piernas y frotó su sexo húmedo contra el de la capitana mientras emitía un suspiro de placer. Estaba segura de que, de estar Anne consciente, jamás se habría permitido abandonarse a ella de ese modo; y el pensamiento de estar obteniendo algo que de otra manera le estaría prohibido la excitaba hasta el punto de que comenzaba a olvidarse de lo que la rodeaba.

—¿Qué es esto? Capitana, creo que estás mojada. ¿Puedo tocarte? Sí, esto no soy yo... ¿Sientes algo? Creo que te gusta, aunque no puedas decirme nada. Creo que si pudieras hablar, me ordenarías que hiciera esto...

Se deslizó hacia abajo y puso su boca contra la vagina de Anne Bonny. La inundó un torrente de sabor. Metió la lengua hasta el fondo y recibió en la boca el sabor salado; después se centró en el botón, estimulándolo con largos y lentos lametazos. Notó que el muslo temblaba y, de pronto, Anne Bonny soltó un débil jadeo.

¿Está despierta?, pensó Mary. Se detuvo unos instantes, pero reanudó lo que estaba haciendo con esfuerzos renovados e introdujo un dedo en la vagina. Después, dos. Los curvó dentro y notó que más líquido le empapaba la mano. Chupó el botón con avidez, entre sonidos de placer. Introdujo un tercer dedo y empujó; sintió que las caderas de la capitana se movían contra sus nudillos.

—¿Quieres más? Cielo santo, no tienes fondo. —Mary movió el brazo e introdujo un cuarto dedo dentro—. Pronto no voy a poder darte más. Pero espera…

Había posado la vista por casualidad en el candelabro. Se apartó y lo tomó. La vela era blanca y larga, de un tamaño muy adecuado. Tiró hasta sacarla, sopló para quitarle el polvo y la colocó en la entrada de Anne.

Miró una vez más a la puerta y empujó la vela hacia dentro; se deslizó casi sin esfuerzo. Mary comenzó a meterla y a sacarla mientras la acariciaba. Anne Bonny de los siete mares, follada por un candelabro en su propio lecho, pensó divertida. Se colocó a cuatro patas sobre ella y dejó que el extremo romo de la vela le rozara a ella misma el sexo. Anne Bonny abrió más las piernas y tensó el cuello. *Puedo hacerlo*, se animó Mary. *Voy a hacer que se corra.*

—El pirata… —dijo entonces Anne Bonny con voz ronca— que me esté haciendo esto… lo va a pagar caro.

Mary resistió la tentación de hablar y movió con más fuerza la vela. La capitana se agitó sobre el colchón, pero Mary la empujó para que estuviera quieta. Puso la boca sobre su pecho y le mordió el pezón. Anne Bonny arqueó la espalda.

—Por las barbas de Neptuno —gimió, y Mary sintió un temblor por todo su cuerpo y algo que apretaba la vela por dentro.

Luego se derrumbó. Mary miró hacia arriba tímidamente y se encontró con dos ojos verdes, muy abiertos, que la contemplaban con algo parecido a la sorpresa. Justo cuando iba a sacar la vela, escuchó el sonido de alguien que llamaba a la puerta y entraba.

—¡Rayos y centellas! Mary, ¿pero *qué* haces? Cariño, ¿estás bien?

Trastabillando con su bastón, Calicó Jack se acercó a la cabecera de la cama. Mary enrojeció y tiró de la vela, pero Anne Bonny le agarró la mano.

—Estoy perfectamente —respondió la pirata—. No puedo decir lo mismo de otros, sin embargo. Ahora, por favor, pon en marcha el código cinco.

—¿Cinco? Oh, mi vida, no recuerdo algo parecido en años. ¡Gracias, Dios mío!

—No te muevas ni un centímetro. —Anne Bonny salió de debajo de ella, miró en derredor y, de un tirón, se hizo con la cinta del cabecero de la cama—. Querido, esto es de tu madre, ¿verdad? Dime que no estamos en su casa —Anne resopló—. Al diablo. Tráete a los marineros que puedas sin levantar sospechas. Con dos bastarán.

Jack salió del dormitorio a paso ligero. Mary trató de ponerse de rodillas, pero Anne la agarró del collar y le hizo bajar la cabeza.

—Tú quieta y a cuatro patas. Te has divertido conmigo, ¿verdad? Me lo voy a cobrar con creces.

Pasó la cinta por la argolla del collar y la ató al cabecero de la cama. Después tomó los otros extremos y los usó para sujetar las muñecas de Mary. Esta sintió una punzada de temor, pero la emoción que se trasladaba de su vientre a su sexo empapado era mucho mayor.

—Mi capitana, me alegro de que os encontréis mejor.

—¡Silencio! —Anne Bonny la tomó por la barbilla—. ¿Desde cuándo te has vuelto tan atrevida?

—Desde que me dejaste hacerte el amor.

Mary miró fijamente a los ojos de Anne. Distinguió un brillo especial dentro de ellos. Entonces la capitana sonrió, se inclinó y la besó en los labios. Al contrario que todos los que hasta ahora había recibido, ese beso era tierno y dulce. Mary se abandonó a él y disfrutó con él de la misma forma que con las ataduras en sus muñecas.

Escuchó ruido junto a la entrada y oyó que alguien cerraba la puerta; la capitana rompió el beso y se apartó de ella.

—Acércate, Jack.

Por encima del hombro, Mary vio que le entregaba la vela de cera. Jack la lanzó al aire, volvió a cogerla y se colocó detrás de las posaderas de Mary. Mary apretó los puños y tiró un poco de la cinta cuando Jack, silbando, rozó su coño con el extremo de la vela, se metió un poco dentro de ella, volvió a salir y se apoyó contra el agujero pequeño, allá por donde todo salía y nada entraba.

—Va a ser un poco complicado —anunció Jack, pero se ensalivó los dedos y comenzó a acariciar la zona.

—Esperaremos —dijo Anne Bonny.

Mary se estremeció cuando notó que introducía dentro de ella el extremo del dedo índice, y más aún cuando se inclinó para abrirle las nalgas y deslizó por la raja la punta de la lengua. ¿Qué estaba haciendo? Por mucho que le gustara, aquello rebasaba lo indecoroso para entrar en el terreno de lo innombrable.

—¿Qué hacéis ahí en la puerta? —preguntó Anne Bonny a los marineros—. Si os llamo, es para algo, ¿no os parece? ¿Tanto tiempo lleváis en el mar que habéis perdido la capacidad de reaccionar ante una chica en esta postura? Fijaos en ella. Esta muchacha se merece un castigo ejemplar. Quiero que os acerquéis a ella y la miréis bien; no como a la chica que conocéis, sino pura y simplemente como un coño a cuatro patas. Quiero que miréis lo que Jack le está haciendo y colaboréis. Tenéis todo el permiso del mundo. Azotadla en el culo hasta que se le quede rojo. Lamedla hasta que se vuelva loca de deseo. Y abridle las nalgas hasta que quepa dentro de ella cierta vela que se le ha ocurrido tomar con tanta ligereza. Pero no la penetréis; es lo que ella desearía. Sacudíosla encima de ella, golpeadla con la polla y empapadla con vuestro semen hasta que implore clemencia. Y si grita... —Anne volvió a tomar el rostro de Mary entre sus manos y se lo acercó—, aquí tendrá algo que se lo impedirá.

Mary sintió los rojos rizos del sexo de Anne contra su nariz y sus labios y se esforzó por respirar contra él. *¡Oh, por favor, que no sean Mil Cicatrices ni Will el Gordo!*, rogó, mientras escuchaba pasos a su espalda. Para su alivio, escuchó la voz de Juan Nadie:

—Capitana, a nosotros también nos alegra ver que se encuentra mejor.

—Solo una pregunta —dijo otra voz, y a Mary se le cayó el alma a los pies: Mil Cicatrices—. ¿Podemos tocarla por otros sitios? Ya me entiende.

—Podéis hacerle lo que queráis, siempre que os atengáis a lo que he dicho.

Anne Bonny se apartó de Mary y se apoyó en la almohada, como quien contempla una buena escena. Mary la miró con ojos de súplica, pero la pirata le devolvió la mirada con indiferencia y observó por encima de su hombro. Mary contuvo un suspiro. Jack continuaba lamiéndola entre las nalgas y chupó la humedad de la vagina para luego aplicarla, con la punta de la lengua, al pequeño agujero. Metió la lengua en él y le separó más las nalgas. Mary se mordió los labios y se apoyó sobre los codos, levantando las caderas. La lengua de Jack era rápida y traviesa; de repente se apartó, y Mary soltó un gemido de tristeza.

—Está muy mojada —dijo Juan Nadie.

—Es una gata traviesa —respondió Anne.

Mary sintió otro par de manos que le agarraban el culo. Supuso que eran las de Nadie, aunque no estaba segura; la mano de Jack se había metido entre sus muslos y le acariciaba ahora el clítoris. La palma de una mano la azotó. Después otra e, inmediatamente después, otra.

—Eso es, dadle fuerte —dijo la capitana.

Mary soltó un grito cuando uno de los azotes fue más fuerte de lo esperado; Anne volvió a cogerla del rostro y restregárselo contra el coño. Mary trató de apartarse para coger aire, pero otra de las manos había vuelto a su pequeño agujero y trató de introducir dos dedos. Sintió un ligero dolor e, instintivamente, encogió las nalgas.

—Más te vale estarte quieta. —Anne Bonny tiró de la cinta que sujetaba el collar y volvió a apretar a Mary contra su cuerpo—. Cuanto antes te relajes, antes terminaremos. No tienes ninguna escapatoria, así que déjales hacer.

Los dedos pasaron a través del anillo apretado y la tocaron dentro. Mary se sacudió, pero alguien la sujetó por uno de los muslos. Estaba casi segura de que los dedos que se movían dentro de ella eran los de Jack, pero no podía decirlo con certeza. Sintió más palmadas en las nalgas, manos explorándola, alguien que le agarraba los pechos. Vio a Mil Cicatrices que le sonreía a su lado; apretó los dientes y volvió la cabeza.

—Yo es que soy más de tetas —se excusó él.

—Si es así, ponte debajo —ordenó la capitana.

—Oh, mil gracias.

Mil Cicatrices reptó hasta colocarse debajo de Mary y enterró la cara entre sus pechos, que amasó con ambas manos. A su pesar, Mary emitió un gemido que fue rápidamente silenciado por Anne Bonny. Volvía a estar muy mojada por sus propios fluidos y Mary la lamió hasta dejar su sexo hinchado y brillante. Apretó los dientes cuando notó que algo se abría camino entre sus nalgas y, esta vez, sintió el anillo de oro de Jack en la entrada.

—Tres dedos —avisó Jack.

Mary comenzaba a desfallecer. Sentía que pronto no podría sostenerse más sobre sus rodillas. Por suerte, allá estaba Mil Cicatrices para sostenerla, medio debajo de su cuerpo y atacando sus pezones. Notó que algo la golpeaba en las nalgas, sensibles después de los azotes, y supo que era el pene de Nadie.

Entonces notó el tacto de la vela de cera.

—No —gimió, pero sin fuerzas, y notó que una rodilla cedía.

Anne Bonny tiró del collar hasta enderezarla y la miró a los ojos.

—Ahora no es tan divertido, ¿verdad? Levanta ese culo. Podemos pasarnos aquí la tarde entera, yo no tengo ninguna prisa.

—Capitana —jadeó Juan Nadie—, solicito permiso para correrme.

—Concedido.

—Mire que no me vendría mal un poco de ayuda, ¿eh?

—A mí tampoco —gruñó Mil Cicatrices desde abajo.

—Daos por satisfechos con lo que tenéis —dijo Calicó Jack.

—Deja, Jack. Curiosamente me apetece…

Anne se estiró y se apoyó sobre la espalda de Mary, quien, empapada de sudor, aprovechaba para descansar la cabeza sobre la almohada. Escuchó sonido de frotamiento, un resuello ahogado por parte de Nadie y algo líquido y tibio cayó sobre sus nalgas.

—Vendrá al pelo —oyó decir a Jack.

Notó que recogía parte del líquido y, acto seguido, volvía a empujar con la vela entre sus nalgas. Esta vez la notaba viscosa y resbaladiza y sintió que buena parte de ella la penetraba; después se apartó, dejándole una extraña sensación de vacío, y volvió a entrar. Mary apretó los labios para hacer frente a la molestia y levantó de nuevo las caderas.

—¿Ya ha entrado toda? —preguntó Anne.

—Casi.

—Déjame mirar. Tienes que abrir más con los dedos.

Mary contuvo un gemido y apretó los puños con fuerza. Mil Cicatrices salió de debajo de ella y empezó a golpearle las nalgas con el pene, de la misma forma que lo había hecho Nadie. Poco después sintió otra descarga templada sobre su trasero y su espalda.

—Una lástima que no puedas ver esto —escuchó decir a la capitana—. Te aseguro que merece la pena. Ahora dime, ¿volverás a intentar algo parecido a lo que has hecho hoy?

—No —gimió Mary contra la almohada.

—Eso me parecía. Jack, hemos terminado. Fóllatela, pero no le saques la vela.

—Tranquila, amor mío —dijo Jack con voz entrecortada—. Sé bien lo que es un código cinco.

Sintió los dedos de Jack por debajo de la vela; abrió apenas un poco la vagina resbaladiza, la sujetó por la cadera y se le metió dentro con un empellón. Mary ahogó un grito y tiró de la cinta que la sujetaba. La sensación de tener una vela en el culo y el pene de Jack en su vagina era, simplemente, indescriptible. Sentía cómo cada movimiento hacía rozarse ambas cosas dentro de ella y enseguida, sin poder evitarlo, se vio ascendiendo hacia el placer más intenso que había vivido nunca. Movió las caderas con fuerza, sintió cómo la vela casi salía de ella y alguien la volvía a introducir, mientras Jack entraba y salía y se golpeaba contra sus nalgas en el movimiento.

—¡Oh! —gimió la joven mientras se corría—. Oh... —Justo cuando pensaba que no podía sentir más placer, algo pareció explotar dentro de ella y se corrió una segunda vez—. *¡Oooooh!*

Jack la agarró por los muslos y la levantó un poco de la cama mientras se movía más rápidamente. Mary soltó un último gemido lastimero; con un gruñido, el pirata eyaculó y se apoyó sobre su lomo jadeando. Las rodillas de Mary fallaron y se dejó caer sobre el colchón. Notó que Jack salía de dentro de ella; la vela también salió, resbaló por sus piernas entre fluidos varios y rodó por el suelo.

El capitán se tumbó en la cama a su lado y soltó una risotada, pero Anne Bonny puso la mano sobre su pecho.

—Calla un momento.

—¿Qué pasa? Bonn, cariño, ahora no tengo fuerzas —suspiró él.

—¡Cierra la boca, imbécil! Oigo ruidos.

—Yo también, capitán —susurró Mil Cicatrices.

Mary hizo un esfuerzo por escuchar. Sin duda, se oían pasos que subían la escalera. Se horrorizó. Si la madre de Calicó Jack la encontraba en esa postura, rodeada de piratas, podía esperar un mal de ojo para toda la vida.

A Jack le dio tiempo a sentarse en la cama y guardarse el pene en los pantalones cuando se abrió la puerta. Mary abrió mucho los ojos. La que estaba en el umbral no era la madre de Calicó Jack, sino el marinero del puerto de Santiago, un hombre de frente ancha y despejada. De pronto, Mary recordó: aquel hombre no le era desconocido. Había estado en el barco en el que había zarpado de Londres, hacía ya miles de años, junto a su padre.

Durante unos segundos, nadie pronunció palabra. Luego el contramaestre hizo una seña y a sus costados aparecieron dos soldados de uniforme azul que apuntaron a los piratas con sendos mosquetes.

—Jack Rackham, Anne Bonny —dijo el recién llegado—, por orden del gobernador de Jamaica y de su majestad el rey Jorge, quedan arrestados por robo y piratería, sustracción de fondos de la Corona, contrabando, asesinato, violencia e intimidación. —El contramaestre levantó un dedo y señaló a Mary—. Y secuestro y violación de una ciudadana británica.

16

Los soldados que custodiaban a los piratas en el salón levantaron la cabeza al verlos aparecer por la escalera. La primera que entró fue una muchacha de cabellos castaños, pálida y temerosa, vestida con una fina túnica que no dejaba mucho a la imaginación. Después bajaron dos hombres y, por fin, el pirata de ropas coloridas y su amante de melena roja, ambos con un gesto sombrío y las manos atadas a la espalda.

—¿Es necesario atar también a la mujer, contramaestre? —preguntó el capitán de los soldados.

—Tenemos noticias de que ella es tan peligrosa o más que él —respondió el contramaestre de la Marina, que descendió el último, junto a los soldados de los mosquetes, y dio un empujón a Jack Rackham—. No pienso correr más riesgos. Ya fuimos asaltados por esta escoria una vez y sé de lo que son capaces. ¿Os habéis cerciorado de que no lleven armas?

—Los hemos registrado uno por uno. Hemos encontrado sables, dagas, espadas, un par de pistolas y un sacacorchos. Está todo en la cocina.

—Oiga, señor Registro Profundo. —Alguien agitó la mano desde detrás de la mujer mulata que se encontraba en un rincón del salón—. ¿Qué pasa con los que estábamos aquí por casualidad? Yo soy víctima de un desafortunado naufragio, no pirata.

—¡Víbora! —le dijo Will el Gordo—. Prestaste juramento.

—Lo que uno pueda jurar en una nave llena de piratas dispuestos a convertirte en cebo para tiburones cuenta poco.

—Los casos particulares los revisaremos más adelante —dijo el contramaestre.

Los piratas se miraron unos a otros con desamparo. Estaban en torno a la mesa en la que habían comido, algunos de pie y otros sentados en las sencillas sillas de paja. Kyle tenía la mirada fija en el gancho de su brazo izquierdo, mientras que su loro, posado sobre el hombro, observaba a los piratas con las plumas hinchadas y el gesto airado. La madre de Jack, custodiada por dos guardias, golpeó la silla donde estaba sentada.

—¡Esto es un allanamiento de morada! Si no se marchan enseguida, los denunciaré a las autoridades, ¡zoquetes, zafios, violentos, ultrabobos, tirahuevos, tarados! Invadir así la casa de una pobre y vieja santera, que solo cuenta con la ayuda de su único hijo para subsistir…

—¡Cállese, señora! —ladró el capitán de los soldados—. Vamos a registrar esta pocilga y veremos de dónde proceden sus ayudas.

—No se atreva, ¡serpiente, salvaje, roedor, relamido!

Ignorando a la anciana, dos soldados se adentraron en la casa. Cuando los insultos pararon, se escuchó un débil sollozo que provenía de la joven junto a la pared.

—¿Se encuentra bien, señorita? —preguntó el contramaestre.

—No —murmuró Mary Read, que se llevó la mano a los ojos.

—Siéntese. Tú, aparta de esa silla. Ronald, trae un poco de agua.

Mary se dejó conducir hasta el sitio y se apoyó sobre la mesa. Un soldado trajo un largo vaso de barro lleno de agua, del que Mary bebió a sorbos cortos. El contramaestre se sentó a su lado y le puso una mano en el hombro.

—Tranquilícese y respire hondo. Ha tenido que pasar por un verdadero infierno en su cautiverio.

—Ha sido… intenso —reconoció Mary.

Detrás de los guardias, Anne Bonny bufó. Calicó Jack se agitó, inquieto, y clavó los ojos en Mary con una súplica muda.

—Le alegrará saber que su padre se encuentra en buen estado de salud —dijo el contramaestre.

—¿Mi padre está vivo? —Mary apoyó el vaso sobre la mesa.

—Sí, señorita. Conseguimos llegar a esta isla y aquí se ha establecido, esperando otro momento para hacerse a la mar. Como sabe, es un hombre de un solo objetivo.

—El snark —susurró Mary.

—¿Hay algo más que pueda hacer por usted?

—Sí —respondió ella—. Mire allí, a la derecha.

—¿Dónde?

El contramaestre giró la cabeza. Mary se echó hacia atrás y le estrelló el vaso contra la sien. El recipiente se rompió en mil pedazos y el hombre cayó como un saco de patatas hacia atrás. Durante medio segundo, nadie fue capaz de mover un dedo; de pronto los piratas, como un solo hombre, se arrojaron sobre los soldados entre gritos y rugidos.

Mary esquivó las manos que pretendían agarrarla, agarró un jarrón con flores de una estantería y golpeó con él a su perseguidor. Sin embargo, este hombre era más recio y todo lo que logró fue empaparlo y enfurecerlo. Sus manos apretaron el cuello de Mary. Ella gritó y arañó; de pronto sintió un fuerte impacto y el soldado se desplomó. Mil Cicatrices dejó caer la silla, inclinó la cabeza respetuosamente ante Mary y se lanzó a una nueva pelea.

—¡Knotman! —gritaba Calicó Jack, con la espalda pegada a la de Anne—. ¡Desátanos!

—¡*Estarrr* ocupado, capitán! —bramó el escandinavo, que en ese momento estrellaba la cabeza de un soldado contra la de otro.

—Cariño, tendremos que valernos solos. Cógeme fuerte de los brazos. ¿Te importa ocuparte de ese que viene tan gordo?

—¡Rata cobarde! —respondió Anne Bonny, que saltó y dio una fuerte patada a dicho soldado en el estómago.

—No me digas eso —Jack giró, agachó la cabeza y embistió a un segundo soldado—. Se trata solo de mantener una buena coordinación.

Los piratas eran más numerosos, pero estaban desarmados y menos entrenados para la lucha en tierra. Hubo forcejeos y algún disparo aislado cuando regresaron los dos soldados que habían ido a registrar la casa. Mary vio que Will el Gordo caía y supo que no podrían resistir mucho. Se abrió paso entre los hombres y fue corriendo a la cocina.

Alguien había tenido la misma idea. Kyle estaba luchando a brazo partido con el capitán de los soldados frente al montón de armas procedentes del registro. El pirata extendió la mano para coger un sable, pero el soldado lo interceptó y dejó caer la espada sobre su muñeca. Kyle emitió un ruido sordo y, por encima de sus cabezas, el loro soltó un alarido. Mary abrió mucho los ojos: la falta de sonidos de Kyle hacía la escena aún más horrible. El capitán levantó su arma y remató al pirata con ella.

—¡Asesino! —gritó Mary.

El soldado levantó la frente sudorosa mientras Mary le arrojaba la sopera a la cabeza. Aquello no bastó, de modo que siguió con los platos sucios. De pronto se encontró a la madre de Jack a su lado; era tan pequeña que pasaba casi desapercibida.

—Así no —la regañó—. ¡Toma, toma, come sartén! —dijo, y atizó al soldado reptante con una—. ¡Pústula sangrienta, pirado, oreja sarnosa, obispo, ñandú, nigromante, mojón, mameluco! ¿Qué estás mirando, niña? ¡Ve a rescatar a esos dos mientras yo me ocupo de este libertino, lameculos, kilombo, jato, jaranero!

Mary tomó un sable en cada mano y volvió al salón. Las armas eran más pesadas de lo previsto. Arrojó una de ellas a Mil Cicatrices y se acercó a Calicó Jack y Anne Bonny, que seguían luchando espalda contra espalda.

—¡Mary, corta las cuerdas! —la llamó la pelirroja.

—Separaos un poco más —Mary titubeó.

—Temo que estamos enredados —dijo Jack—. Literalmente, tendrás que dar un sablazo. Por favor, recuerda que, por muy pirata que sea, mis manos se valoran mucho en el mercado.

Mary tomó aire. Agarró el arma con ambas manos, apoyó la hoja junto al nudo más grueso de las cuerdas y lo descargó con todas sus fuerzas hacia abajo. El afilado sable cortó parte de la cuerda, pero no toda, y Mary sintió que alguien la golpeaba en el costado y la arrojaba al suelo.

—Mala pécora —escuchó decir al contramaestre.

Tenía la sien ensangrentada. Levantó la espada y la descargó sobre ella, pero una nueva patada de Anne Bonny lo apartó lo justo para que la hoja cortara solo unos centímetros del cabello de Mary. Esta se apartó como pudo y se metió debajo de la mesa, pero el contramaestre la agarró del tobillo y tiró. Levantó la espada una vez más, pero Calicó Jack se lanzó hacia adelante y lo arrolló. Rodaron por el suelo en una polvareda de brazos y piernas. Mary vio que Jack rozaba sus muñecas contra el filo de la espada hasta que, sin previo aviso, una figura pelirroja emergió del caos y arrebató el sable de la mano del contramaestre.

—¡Sin cuartel! —gritó—. ¡Rajadles la tripa u os la rajaré yo a vosotros!

Mary sintió que alguien la tocaba en el hombro. Era Jack, sonriente y jadeante, que extendió la mano para recibir el otro sable. Mary se lo alargó y volvió a esconderse debajo de la mesa. Jack le guiñó el ojo y se lanzó contra un soldado.

La batalla se prolongó unos minutos más. Mary escuchó ruido de sables, algún que otro aullido y el sonido de los cuerpos al caer sobre otros. Por fin todo quedó en calma, o casi, excepto por los sartenazos de la madre de Calicó Jack, que todavía se escuchaban de cuando en cuando.

Anne Bonny se acercó al contramaestre con el sable en la mano, pero Mary salió de su escondite y la detuvo.

—Espera —dijo—. Sabe dónde está mi padre.

El contramaestre la observó con cara de pocos amigos. La capitana suspiró y apoyó la punta del sable en el suelo.

—En fin, ya la has oído. Ya puedes ir hablando.

—Se aloja en una pensión en el puerto de Santiago. La llaman la Casa Roja. No tiene buena reputación.

—En todo este tiempo, ¿ha mencionado por casualidad un tesoro? —preguntó Anne Bonny—. Específicamente, el tesoro del pirata Barbavioleta.

—No tengo ni idea de tesoros —dijo el contramaestre—, pero algo ha debido de descubrir ese viejo chiflado durante su estancia en la isla, porque ha pasado de entregarse a la bebida a volver a tomar apuntes como un loco. Ya no tiene el beneplácito del rey, pero sigue empeñado en zarpar rumbo a Curaçao. Por supuesto, no encuentra quien quiera acompañarlo.

—¿Curaçao? —dijo Mary—. Cuando salimos de Londres no sabíamos adónde nos dirigíamos.

—En cualquier caso —se oyó la voz de Jack, que traía un saco a la espalda—, ya ha encontrado compañía. Mami, aquí está lo tuyo, ¿verdad? Tenemos que largarnos de aquí lo antes posible.

—Trae para acá mis cosas, que de ti no puede una fiarse —ordenó la anciana, arrebatándole la pesada bolsa—. Yo iré a pasar una temporada con mi prima Ulpiana, que está muy sola y muy mal de los huesos la pobre. Vosotros, fuera: agarrad a ese tipo y volved al mar, que es lo que os corresponde. Y cuando encontréis ese tesoro, no os olvidéis de mi porcentaje. ¡Venga, tirando!

17

La caverna principal era tan grande que John Barnet apenas podía abarcarla con la vista. El techo de roca, sin embargo, era tan bajo que tuvo que extender las manos para palparlo y caminar agachado en un par de tramos. Volvió a pensar en las toneladas de agua sobre su cabeza y notó que la nuca se le llenaba de sudor frío. *Solo es un polvo*, se recordó. *Fóllate a su reina y esta pesadilla habrá terminado.*

Las sirenas habían comenzado a emitir un sonido que a Barnet le recordaba desagradablemente a un grupo de ballenas. O peor aún, orcas asesinas. Había muchas; las tres que le habían recibido siguieron con él mientras se desnudaba y recogieron en sus brazos los restos de sus ropas. Pero en cada oquedad de la roca Barnet percibía unos brillantes ojos que lo observaban, o un cuerpo con cola de pez que interrumpía la monótona canción para deslizarse como un lagarto hacia el agua.

En aquella parte del refugio submarino, el suelo era de arena y los pies de Barnet se hundían en agua salada. Por encima de ellos se oía un bramido lejano. Barnet inspiró y espiró hondo y avanzó hacia donde le habían dicho que se encontraba la reina.

A la luz fantasmal que emitían aquellas paredes —o mejor dicho, las mujeres sobre aquellas paredes—, distinguió la sombra de una figura. Se hallaba recostada sobre una roca plana y parecía observarlo. Barnet caminó despacio hacia allá, seguido por sus tres sirenas, que reptaban y chapoteaban. Creyó ver algo sorprendente: la reina sirena tenía… ¿piernas? Dos miembros largos y de aspecto muy humano. No podía asegurarlo con certeza; pero de ser así, una hembra con piernas era infinitamente superior a una con cola de pescado.

La polla de Barnet dio una sacudida y se irguió, esperanzada. La canción de las sirenas se hizo más aguda a medida que él se acercaba. De pronto la reina se giró y Barnet sintió que todo su valor se deshacía. Soltó un grito como nunca había salido de su garganta; tropezó y se hundió en la arena mientras sus sirenas, sus tres mujeres, lo sujetaban para impedir que huyera.

—¡No! —bramó.

—¡Hicimos un trato, marinero! —siseó la rubia.

—¡No me dijisteis que era un monstruo!

—No hables así de nuestra reina —chilló la morena.

—Te dijimos la verdad —aseguró la del pelo castaño—. ¡Cumple tu parte o te mataremos aquí mismo! Te desangrarás a muchos metros bajo el nivel del mar, donde nadie, nunca, podrá hallar tus restos.

—¡No! ¡No! —aulló John Barnet.

Apartó de un golpe a la morena, pero más sirenas se le echaron encima. Sintió que se asfixiaba bajo la sujeción de decenas de brazos; alguien le arañó la frente, lo agarraron por el pelo y lo arrastraron hacia la roca. Trató de gritar y forcejear una vez más, pero ningún sonido salió de sus labios.

La reina de las sirenas lo miró con ojos saltones mientras lo empujaban. Su boca de pez, apenas disimulada por un cráneo que recordaba vagamente al de un humano, se abrió y se unió a la macabra canción. Barnet vio los dientes afilados dentro de esa boca y realizó un último esfuerzo sobrehumano por liberarse; no lo consiguió.

Su piel tocó la dureza de la roca y notó que lo tumbaban boca arriba, como un animal al que se prepara para el sacrificio. La reina emitió un sonido gutural y se deslizó encima de él. Pensó que estaría fría y escamosa, pero su vientre era suave y tibio. Sin duda, de cintura para abajo era una mujer, y de mujer eran también sus brazos; pero su torso, resbaladizo y azulado, recordaba más a una mezcla entre un delfín y una barracuda. Tenía manchas atigradas y aletas en los costados, que agitó cuando se encaramó sobre su polla.

John Barnet cerró los ojos con fuerza y volvió a abrirlos cuando la reina deslizó la mano sobre su pecho, acariciándolo. El sonido de su garganta se hizo más bajo y más cálido, casi cariñoso. La otra mano acarició el rostro cuadrado del capitán, bajó hasta rozarle el pezón, llegó a la cadera y volvió a ascender, en una caricia insinuante.

Barnet relajó un poco los músculos y notó que la reina se removía un poco sobre su media erección. Tenía sin duda un coño humano, pero carecía por completo de vello y, en cambio, parecía húmedo y ansioso. Barnet había probado suficientes mujeres para saber que no todas eran así. En ocasiones le había llevado mucho tiempo y esfuerzo meterle la polla a alguna virgen despendolada que había creído cometer la picardía de su vida con él, y no todas le agradecían la experiencia. Supo que con aquel ser no iba a tener problemas en ese sentido. Se relajó un poco más y sintió que las sirenas suavizaban su agarre; movió las caderas y la reina, encantada, le respondió restregando su sexo contra el suyo.

La canción de las sirenas había bajado de tono. John Barnet se incorporó un poco y llevó una mano que le habían dejado libre al trasero real. Tenía la reina un culo y unas caderas poderosas, probablemente ensanchadas tras dar a luz decenas y decenas de hijas. Ella siguió acariciándole y le tomó los huevos con una mano. John Barnet respiró con fuerza y sacó el pene de debajo de ella para que pudiera terminar de crecer. Escuchó varios gemidos guturales y vio que las sirenas lo observaban con deseo.

Varias manos se alargaron para acariciarlo. Poco a poco, las sirenas se fueron apartando para dejarlo solo en la roca con la reina y las tres sirenas del comienzo. Ellas le besaban el rostro, el pecho, los pies; Barnet cazó los labios de la rubia antes de besar a la del pelo castaño. Extendió la otra mano para agarrar de las nalgas a la reina, pero ella se escurrió hacia abajo. Barnet emitió un sonido instintivo de alarma cuando se inclinó entre sus muslos y empezó a chuparle la polla.

La reina de las sirenas deslizó la lengua varias veces a lo largo del miembro antes de rozarle la punta humedecida con los labios. Barnet contuvo el aliento cuando, sin previo aviso, se lo metió en la boca, y su perplejidad se convirtió en fascinación cuando vio que era capaz de tragarlo hasta la base. Se apartó muy despacio y volvió a chuparlo, fijando en él sus ojos monstruosos. Barnet tenía la impresión de perderse en un paladar infinito, en una garganta que podía follarse sin temor a atragantamientos; y la media sonrisa de su rostro dio pie a la reina a realizar una mamada larga y seductora que lo dejó al borde del orgasmo.

Sujetó el rostro de la reina y se apartó de ella. Las sirenas emitieron algunos sonidos, pero no intervinieron cuando Barnet tomó a la reina para colocarla de espaldas contra la roca. Por su parte, la reina no opuso la más mínima resistencia; abrió de nuevo su boca de pez y separó y dobló las piernas mientras levantaba las caderas. Barnet observó la humedad que empapaba su sexo y se inclinó para lamerlo.

Ni el olor ni el sabor le resultaron nada nuevo.

La reina se agitó bajo él y Barnet la chupó con una lengua gruesa y áspera. Se detuvo en las inmediaciones del duro nudo, pasando la punta de la lengua por arriba y por los lados. Subió la lengua hasta el ombligo y volvió a bajarla; la reina emitió un chillido de satisfacción. Barnet lamió cada rincón del sexo mientras los sonidos de la reina se hacían más y más exigentes. Las sirenas volvieron a colocarse junto a él y le rozaron con sus manos suaves la polla, el culo, los testículos.

Cuando notó que necesitaba liberación, se colocó sobre ella y apoyó el pene en la entrada de su vagina. La reina agitó las caderas. Barnet levantó un poco el capuchón de la parte superior de su sexo, empujó más y sintió que la punta de su miembro se hundía en un canal amplio y chorreante; de un único empellón, llegó hasta el final. Volvió a salir y la penetró de nuevo hasta que su cadera golpeó contra el vientre de la reina. Ella gimió y levantó una pierna; Barnet se la puso en el hombro, la sujetó por la cintura y continuó embistiendo.

Aquella mujer follaba como un animal. Se removía de tal manera que el tamaño de su vagina no era obstáculo para que Barnet sintiese cada pliegue del ardiente canal; Barnet intentaba sujetarla sin conseguirlo del todo, y a la vez se excitaba muchísimo con la vista de ella disfrutando de esa manera bajo él. Sobre la roca, follaron en esa postura para ir moviéndose poco a poco hasta ponerse de lado; Barnet se encontró agarrando las nalgas de la reina por detrás mientras la penetraba; de pronto estaba otra vez boca arriba sobre su espalda, y por último volvió a encontrarse con la reina bajo él y sus piernas enredadas en torno a su corpachón, como una serpiente. A su alrededor, las sirenas le besaban, le tentaban con sus pechos, se acariciaban unas a otras; pero el centro de su atención era la reina, escurridiza e inmensa a la vez, que chillaba de placer y le apretaba la polla con sus músculos.

John Barnet sujetó a la reina por el cuello mientras se movía con furia e hizo que sus frentes se encontraran. Podía ver que la reina tenía mejor visión lateral que frontal; aun así, ella clavó sus ojos amarillentos en los de Barnet y apretó los dientes mientras se corría. El orgasmo se formó también en el vientre de él hasta que explotó; sintió que el semen salía a borbotones de sí para llenar hasta rebosar el coño de la reina de las sirenas.

Barnet cerró los ojos y rugió en el empellón final. Se dejó caer sobre el cuerpo y, justo cuando empezaba a relajarse, sintió que los labios de la reina de las sirenas se unían a los del resto y le besaban el cuello. Notó los dientes afilados cuya existencia había olvidado.

Sin más preámbulo, ella le mordió.

18

El *Vanidoso* surcaba las olas lenta y pesadamente, pero inexorable. El sol de media tarde caía sobre la cubierta y calentaba los pies desnudos de Marcellesi, quien, sentado a la sombra de la vela trasera, fumaba su larga pipa de opio y observaba a los piratas que caminaban de acá para allá. Knotman Larsson le dirigió una mirada poco amable; Marcellesi sonrió y le guiñó el ojo. El rubio bigote del pirata tembló y se marchó con sus nudos a otra parte.

El viejo marinero se estiró. La suerte le sonreía. Se había visto en muchas situaciones difíciles a lo largo de su vida, pero nunca había salido de tantas en solo unos días. Había escapado de sus deudas enrolándose en un barco con un capitán atractivo y con una polla enorme, pero de reputación más que dudosa. Había tenido esa polla dentro de él. Se había deshecho del capitán, había sobrevivido a un naufragio, se había hecho pirata, habían querido arrestarlo y había escapado.

Y después había rescatado a un científico de una casa de putas.

—Es mejor que no llamemos la atención —había ordenado Anne Bonny, tras reunir a los piratas en un corrillo frente a la roja fachada—. Solo entraremos nosotras tres y buscaremos a ese científico. Si al cabo de media hora no hemos salido, entonces podéis entrar a buscarnos.

Se oyeron sonidos de asentimiento. Marcellesi estaba entre ellos. No es que no hubiera pisado en la vida un burdel, pero a esas alturas no pensaba entrar en uno si podía evitarlo. Aunque debía reconocer que aquella extraña Casa Roja, de la que entraban y salían toda suerte de personas —como un payaso, un enano, una muchacha que era apenas una niña y un viejo con piel de lobo—, le inspiraba curiosidad. Parecía más bien una residencia donde se daban cita los personajes más bohemios y extravagantes de todo el Caribe.

—Si se me permite —intervino el pequeño Jack—, me gustaría sugerir que un hombre os acompañara. No es que no me fíe de tus habilidades, cariño, pero ¿y si conoces a un pirata más atractivo que yo allí dentro?

—Siempre dices que eso no es posible —rezongó Anne—, pero acepto la propuesta, siempre que se comporte de forma adecuada.

Comenzó a señalar a los piratas alternativamente con una tonadilla. Marcellesi rechinó los dientes cuando la canción terminó y el dedo se detuvo justo delante de él. Siempre había cumplido a la perfección aquel dicho que le obligaba a ser desafortunado en el juego.

—¡Capitana! —intervino ese horrendo bufón de Mil Cicatrices—. Disculpad, pero ese hombre no puede acompañaros. Es un traidor, lo lleva en la sangre. ¿Recordáis cómo estaba dispuesto a vendernos a todos por salvar su miserable pellejo?

—Al menos mi pellejo no está agujereado —dijo Marcellesi con dignidad.

Hubo un pequeño revuelo. Mil Cicatrices lo miró con ojos asesinos y se llevó la mano bajo la chaqueta, pero el capitán lo apartó y le palmeó el brazo.

—Tranquilo, compañero. Escuchad: conozco a este hombre. Es de lealtades tornadizas, es cierto, ¿pero acaso no lo somos todos aquí? Ninguno se ha hecho pirata por su buena fama. Nuestras lealtades son escasas, y nuestras vidas, cortas. —Jack hizo una pausa dramática—. No seré yo quien culpe a un hombre al borde de la muerte por intentar darle esquinazo.

Le sonrió, y a Marcellesi le dio la impresión que en aquella sonrisa había una nota cálida como el fulgurante sol que caía en esos instantes sobre sus cabezas. De pronto el pequeño Jack volvía a parecerle tan joven y atractivo como una década atrás. Tendría que encontrar la forma de devolverle el favor lo antes posible. De caballero a caballero.

Pero entonces la mulata llamada Rita lo agarró por un brazo, y Anne Bonny, quien había logrado embutirse en un vestido tras algunos cortes con el sable, por el otro. Por delante de ellos echó a caminar Mary, aquella muchacha inglesa de rostro angelical que ni siquiera se había molestado en cambiarse la fina tela verde maltratada que a duras penas le cubría el trasero. Marcellesi puso los ojos en blanco y comenzó a canturrear una canción de borracho.

El burdel hervía de actividad. Mientras se arrastraban a través de sus puertas pintadas de rojo, sus cortinas polvorientas y los pintorescos arcos del techo, que se caían a pedazos, Marcellesi miró a quienes les rodeaban. Había colonos españoles, vestidos con ropa de hacía ya siglos, hablando a voces con las nativas. Artistas franceses que retrataban en sus lienzos a esclavas de tierna edad y ojos ardientes. Por debajo del pañuelo calado hasta los ojos, observó que el patio interior bullía de criollos venidos a menos que se jugaban los últimos cuartos a los dados mientras bebían, tosían y escupían sus flemas en unos recipientes de latón a los que no se habría acercado ni en sus sueños más delirantes.

—Disculpe —preguntaba la resuelta Mary a todo el que estuviera lo suficientemente sobrio para responder—, ¿no sabrá si se aloja aquí Marcus Read, el famoso científico? —Y ante la incomprensión de su interlocutor, añadía—: Es un hombre así de alto y así de gordo, ni joven ni viejo, con un pelo como el mío y bien vestido.

—Si te refieres a alguien que tiene las pecas como tú y que frunce el ceño igual que tú, conozco al loco D. Ream, que se aloja en el ático del ala oeste —dijo por fin un muchacho con el pelo revuelto, bigotillo fino y aspecto de artista—. Pero no viste bien y apenas tiene pelo. Escuchad, ¿no podría posar una de vosotras para mí? Os pagaré.

—¿Rita? —dijo Anne Bonny.

Rita se encogió de hombros, con aspecto hastiado, y se acercó al chico.

—¿En qué postura me quieres?

El chico sonrió nerviosamente y Marcellesi supuso que iba a decirle que la quería desnuda; sin embargo, comenzó a orientar sus miembros en una postura extrañísima, mientras se sacaba un reloj y un naipe del bolsillo.

—La cabeza un poco hacia atrás, échate el pelo por detrás de la oreja; bonito pendiente... Y el reloj en esta mano, colgando, y colócate esto en el escote. Pero no así. Tiene que verse el número de la carta. La expresión afligida, como si lo que vieras te horrorizase. No, así no. ¡El número! Lo más importante es el número.

—¿Pero qué clase de dibujos tú haces? —protestó Rita, que luchaba por mantenerse en esa postura retorcida.

—Me inspiro en mis sueños. —El chico había sacado unas hojas de papel y un lápiz y esbozaba rápidamente su figura—. Esto será famoso dentro de unos siglos, ya lo veréis.

Marcellesi ya no le escuchaba. Subía a trompicones por detrás de la capitana y de Mary, que trotaba por las escaleras sin perder el resuello, rumbo a la habitación más alta de la casa. Se cruzaron con dos soldados portugueses que los miraron con sorna, un señor vestido exclusivamente con un delantal de cocinera, una mujer que llevaba una corona de orquídeas y, por fin, llegaron a la puerta del cuarto, que estaba entreabierta. A través del hueco brotaba música de violín.

—¿Papá? —susurró Mary.

Empujó la puerta. Marcellesi vio a una bella muchacha desnuda, sentada sobre una pila de libros y pergaminos. Su inmaculada piel de ébano parecía la de una estatua mientras rasgueaba el violín que sostenía entre el hombro y el cuello. Echaba la cabeza hacia atrás, disfrutando de la música, a la vez que abría las largas piernas en dirección a la cama.

—La música es la clave de todo —jadeaba una voz gutural desde allí.

Mary entró en la desordenada habitación. De la cama llegó un chirrido y la muchacha dejó de tocar. Por debajo de las sábanas que había levantado para taparse, un hombre de la edad de Marcellesi, de cuya cabeza colgaban algunos mechones de cabello castaño, miró con una mezcla de maravilla y horror a los recién llegados.

—Salgamos —le susurró Marcellesi a Anne Bonny, mientras volvía a tomarla del brazo—. No solo tendrán algo que decirse, sino que aquí apesta. Y lo dice uno que ha viajado en vuestro barco, que no huele precisamente a rosas.

La muchacha de la piel reluciente salió con ellos, sigilosa como una pantera. Cerraron la puerta y esperaron, apoyados en la pared. Marcellesi comenzó a rellenar su pipa; la joven se puso el violín al hombro, se apoyó en la barandilla de las escaleras y volvió a tocar una música inquietante que ahogaba las voces que venían del cuarto.

—Cógeme —ordenó Anne Bonny mientras tomaba al marinero por la cintura—. Abajo hay dos soldados ingleses que están mirando.

—Bueno, a ti también se te van los ojos a esos negros pezones erizados.

—No es eso, burro. ¿Quieres ponerle un poco más de interés? Méteme mano, bésame, algo que no les haga sospechar por lo que estamos aquí.

—Sí, sí, claro, mi capitana. Santo cielo, hacía siglos que no tocaba unos pechos. ¿De verdad puedes luchar con todo este peso delante?

—Solo me molestan alguna vez al bajar las escaleras —respondió Anne Bonny—. ¿Qué demonios hará esa muchacha, que no sale?

Por fin se abrió la puerta y salieron del cuarto Mary y su padre. Este se había peinado sus cuatro guedejas, se había puesto una camisa a la que le faltaban varios botones y unos pantalones deshilachados y llevaba una bolsa al hombro. La violinista dejó de tocar.

—Mary me ha informado de la situación —se dirigió el científico a Anne Bonny. Sus ojos despedían chispas—. No puedo decir que me alegre de lo que han hecho con mi hija; pero le estoy agradecido a Dios de que la hayan mantenido a salvo. Por lo que se ve, ustedes y yo compartimos ciertos intereses.

—Las cubanas no suelen ser mi tipo.

—Hablo del snark, por supuesto.

—El trato es simple —respondió la capitana—. Si encontramos a ese monstruo, usted se puede quedar con la gloria y con sus huesos. Y nosotros, con el tesoro que él guarda: el botín del pirata Barbavioleta. Habrá oído hablar de la leyenda, ¿verdad?

—Las leyendas son producto de la imaginación humana. Yo me baso en cálculos y datos científicos.

—Señores —intervino Marcellesi con un susurro—, odio molestar, pero si miran hacia abajo, verán que han llegado más soldados. Tenemos que abandonar este lugar de vicio y corrupción tan pronto como podamos.

Se aproximó a Anne Bonny y entrelazó su brazo con el suyo. Mary hizo lo mismo con el de su padre. La pirata y el científico se miraban todavía con desconfianza.

—Ya que le gustan las habladurías —dijo Marcus Read—, sabrá que el Mar de los Sargazos, conocido como Mar de la Tranquilidad en ciertos escritos, no tiene fama de ser un lugar precisamente tranquilo. Hay toda clase de historias acerca de desapariciones de barcos, navíos atrapados para siempre en sus bancos de algas, capitanes que equivocaron el rumbo y demás. Tengo la teoría de que el snark está involucrado en buena parte de estos hechos y que todos ocurren en un paralelo determinado, pero aún no he podido demostrarlo.

—No le tengo miedo, aunque sea el monstruo más horrendo de los siete mares. Yo quiero el tesoro, ¿me oye? Llevamos mucho tiempo buscando a esa criatura. Si usted puede ayudarnos a trazar la ruta exacta, adelante.

—Papá, por favor —Mary sacudió el brazo del hombre—, vámonos ya.

Marcus Read dirigió una última mirada a Anne Bonny, se encasquetó un raído sombrero de paja y comenzó a bajar las escaleras del brazo de su hija. Marcellesi fingió una vez más estar borracho y se dejó arrastrar por los pasos rápidos de la capitana. Cuando pasaron junto al grupo de los soldados, estos los miraron detenidamente.

—Eh, muchacha —gritó uno—. Acércate un poco, que te veamos.

—No te detengas —le dijo Anne a Mary.

Los cuatro avanzaron cada vez más rápido. Cuando pasaron por el patio, hicieron una seña a Rita, que abandonó su pose y se unió a ellos. El artista le hizo gestos con las manos, pero no hicieron caso; tras ellos iban algunos de los soldados.

—Aún no me ha pagado —protestó Rita.

—Da igual. La media hora está a punto de concluir. Tenemos que largarnos.

Se abrieron paso entre cuerpos de nativos lascivos; marineros mascando tabaco; chicas jóvenes y mujeres maduras de muchas complexiones y colores, cada vez más rápido, mientras buscaban la salida. En el momento en que Anne Bonny ponía la mano en el picaporte, la puerta se abrió y apareció el rostro de Jack. Ella se colgó de su cuello y lo besó; Marcellesi pensó que semejante exhibición de pasión habría acallado al soldado más fiero, pero estos no parecían tener corazón.

—¡Es Jack Rackham! —dijo uno—. ¡Disparadle!

Los soldados se hicieron hueco del mismo modo y trataron de abrir fuego, pero los piratas ya estaban preparados. En unos segundos habían desaparecido por la puerta; en poco tiempo más alcanzaron la cubierta del *Vanidoso* y retiraron la plancha; y cuando los soldados llegaron al puerto, todo lo que pudieron hacer fue agujerear un poco la vela mientras el barco se hacía a la mar. Los piratas aullaron, rugieron y, en suma, festejaron de lo lindo a lo pirata lo que habían conseguido y el mundo de riquezas hacia el que navegaban.

Marcellesi miró su pipa. El opio se había acabado. Comenzaba a caer la tarde y sentía la apacible tranquilidad de la droga en su cuerpo. Por todas partes se acercaban piratas y se sentaban en barriles, sobre unas planchas, en el suelo. Había olvidado que ese día iban a celebrar algo; todavía no sabía qué, pero estaban convocados en cubierta al caer el sol.

Guardó la pipa y observó la llegada del pequeño Jack y de su compañera de corazón y piratería. Por supuesto, venían acompañados por Mary. En los últimos días habían tenido muy oculta a la joven; Marcellesi se había acercado disimuladamente al camarote de la capitana para escuchar los gemidos de las mujeres y los gruñidos de Jack. Aquel romance a tres no era ningún secreto para la tripulación, pero la devoción de ambos capitanes por la muchacha resultaba llamativa hasta para un viejo lobo de mar.

Sin embargo, la Mary que se dejaba ver ahora era muy distinta a lo que había conocido hasta entonces. Marcellesi parpadeó y un murmullo sorprendido se extendió entre los piratas.

La joven estaba vestida de hombre, con una camisa blanca de puños bordados y un pantalón que, por su forma holgada y su color rojo vivo, debía haber pertenecido a Calicó Jack. Ceñía su cintura un cinturón negro de cuero y unas botas con hebillas doradas, también negras, que calzaba con una mezcla de timidez y aplomo. Miró a su alrededor mientras se apartaba de la cara aquella parte del pelo que la espada del contramaestre inglés había cortado.

—¡Piratas! —comenzó Anne Bonny—. Estamos aquí porque queremos agradecerle a alguien lo que ha hecho últimamente por nosotros. La señorita de mi derecha —señaló a Mary—, a quien todos conocéis bien, nos ha salvado de un naufragio seguro; nos ha rescatado de las sucias manos de los ingleses y nos ha ahorrado la horca a muchos de nosotros; y por si fuera poco, ha reclutado a un famoso científico que nos ayudará a conseguir el fruto de los muchos años de rapiña del pirata Barbavioleta.

Los piratas vitorearon. Marcellesi escuchó un resoplido a su lado y volvió la cabeza. Allí se encontraba Rita, la mulata. Estaba vestida con uno de sus curiosos atuendos, peludos y mullidos en la parte de las caderas y casi transparentes a la altura de los pechos. Sus ojos, sin embargo, distaban mucho de ser cariñosos.

—Por desgracia, y debido a lo mucho que se ha expuesto por nosotros —continuó Jack—, para Mary no es seguro continuar en este barco como hasta ahora. —Hizo una pausa para crear expectación—. Y para nosotros, tampoco. Por eso hemos decidido llevar a cabo esta transformación.

Miró a Anne Bonny. Esta asintió, sonriendo, y Jack desenfundó su sable. Los piratas se estremecieron. Jack se acercó a Mary por detrás y vieron como esta contenía un escalofrío; desabrochó la pinza que recogía sus cabellos por detrás, guiñó un ojo, luego otro y finalmente le dio la vuelta al sable.

—Cariño, hazlo tú. *Yo* tengo mis propias ideas sobre estilo, como bien sabes, y no siempre concuerdan con el gusto de la mayoría.

—Oh, no me vengas con esas —gruñó Anne.

Se acercó, tomó el sable de las manos de Jack y, sin pensarlo demasiado, cortó de varios golpes secos la melena de Mary. El pelo cayó sobre la cubierta y, al verlo, Mary dio un suspiro. Anne Bonny deslizó una vez más la hoja del sable para apurar y se apartó para contemplar su obra.

Marcellesi se sorprendió. O había fumado demasiado o, con el pelo corto, Mary estaba realmente atractivo... quería decir, atractiva. Parecía un marinero recién estrenado, un joven cazatesoros que Marcellesi no habría tenido reparo en cortejar. Por la incómoda reacción de los piratas, se dio cuenta de que pensaban lo mismo.

—¡A partir de ahora —dijo Anne Bonny—, os dirigiréis a Mary como Mark! Sea en la mar o en tierra, no quiero escuchar que nadie revela su secreto. Le hablaréis en masculino y la trataréis como un pirata más, ¿me oís? ¡Como a uno de vosotros, cueste lo que cueste!

—Sí, mi capitana —respondieron los piratas.

—Entonces ya hemos terminado —dijo alegremente Calicó Jack.

—No del todo —dijo Anne Bonny.

—¿Cómo? ¡Ah, por supuesto! —Jack se dio una palmada en el sombrero.

Con perplejidad, vio que el capitán se quitaba el cubrecabezas y revelaba otro tricornio exactamente igual bajo él, si bien algo más pequeño. Tomó este tricornio y lo ajustó sobre la cabeza de Mary Read, que enrojeció de una forma seductora.

—Un pequeño regalo para el nuevo miembro de la tripulación —dijo Jack, que puso la mano sobre el hombro de Mary y lo palmeó tan fuerte que la muchacha se sacudió—, contramaestre Mark Read.

La tripulación vitoreó de nuevo. Marcellesi vio a Knotman Larsson aplaudir con sus grandes manos; a Mil Cicatrices llevarse las manos a la boca y silbar; incluso Jimmy el Guapo asentía y aplaudía. Todos parecían celebrarlo, salvo alguien cuya existencia pasaba enteramente desapercibida entre tanto jolgorio.

A su lado, los ojos de Rita eran dos puñales.

19

Cuando Mary se despertó, se dio cuenta de que estaba sola en la cama. Todavía estaba oscuro, pero escuchaba el canto lejano de las gaviotas a través del ojo de buey. Así pues, debía estar próxima el alba.

Se levantó y, a tientas, se vistió con sus nuevos ropajes. Tras ceñirse el cinturón, salió del camarote de Anne Bonny y trepó por las escaleras que llevaban a cubierta.

Allá fuera hacía algo de fresco; el aire estaba húmedo y el viento en las velas hacía crujir la arboladura del barco. Mary echó un vistazo en derredor hasta que localizó a Juan Nadie, que montaba guardia junto a un pequeño candil. Este le hizo un gesto y le señaló hacia proa.

Apoyada sobre el pico del barco estaba la capitana. Cuando Mary se acercó, pensó que estaba contemplando el mar en calma bajo la luz de la luna; pero luego se dio cuenta de que estaba sumida en sus pensamientos. Anne la escuchó llegar, pero no se volvió.

—¿No duermes? —preguntó Mary.

—A veces tengo pesadillas —respondió ella—. He soñado que el snark era en realidad un perro faldero y que el tesoro que buscamos era una estatuilla de plata. ¿Sabes? Odio la plata. El oro es maravilloso; los diamantes, fascinantes; y se puede sacar mucho partido a las perlas y los rubíes, pero no entiendo lo que ve la gente en la plata. Por desgracia, hace tiempo descubrí que los pendientes de oro hacían que las orejas se me inflamaran y se me pusieran rojas. Así que me veo obligada a llevar solamente aros de plata.

—Suena terrible, capitana.

Anne Bonny se dio la vuelta. Sus largos cabellos rojos brillaban bajo aquella luz. Mary no estaba segura de si sonreía o no.

—Has resultado ser un problema, Mark.

—¿Por qué? —preguntó Mary.

—A Jack le gustan mucho todas estas cosas —prosiguió la capitana como si no la oyera—. Mujeres, mascotas, esclavas. Todo está bien mientras esté organizado. Pero, realmente, ¿qué pasa si me enamoro de otro pirata?

—Pero eso no va a ocurrir, capitana. Jack y tú sois el uno para el otro.

—¡No hables sin saber! —bufó Anne—. Y, además, me refería a ti.

—¡Ah! —dijo Mary. No terminaba de acostumbrarse a su nueva identidad—. ¿Es eso posible? Quiero decir, ¿puedes enamorarte de mí?

—¿Te has enamorado alguna vez?

Mary recordó los últimos tiempos. El hijo del panadero tenía una sonrisa muy bonita y la hacía reír cuando la besaba en el cuello; el abogado le había susurrado que tenía los pechos más bonitos del mundo; y había habido un joven duque que había hecho vagas alusiones a un matrimonio que no se había concretado. Pero ¿ella? Más allá del placer momentáneo y prohibido de los besos y caricias, no se lo había planteado.

—Creo que no.

—Te late el corazón así. —Anne puso la mano sobre el pecho de Mary—. Sientes que algo explota por aquí. —Trazó con los dedos varias líneas en su frente—. Y notas como un fuego por dentro que tienes que aliviar por aquí.

Mary respiró con fuerza cuando Anne la tocó entre las piernas.

—Si es así, sí, me he enamorado.

—¿Lo ves? —Anne Bonny se apartó y volvió a apoyarse en la proa con mal humor—. Lo supe en cuanto te vi. Ese tonto de Jack no sabía lo que hacía cuando te ofreció como regalo. ¡Mascotas! ¡Bobo! ¿Has visto sus ojos esta noche? No le gustas tanto de Mark como de Mary, ¿verdad? Ahora es cuando piensa que duermes en mi cama, comes a mi lado y me follarás con sus pantalones rojos puestos. Créeme, sobre todo le molesta lo de los pantalones.

—Oh, pero me los puedo quitar —balbuceó Mary.

—No es eso. No es solo eso.

Mary la abrazó por detrás. Notó que la capitana se tensaba, pero no le ordenó que se apartara. Y sintió que, de alguna manera, eso era parte del problema, aunque no veía claro cómo podía separarlas eso de Jack. *Ha sido así desde que la vi*, se dijo. *Y ahora…* Ahora sabía que la capitana sentía lo mismo.

Anne se dio la vuelta y la besó en la boca. Desde lo ocurrido en la casa de la madre de Jack, la besaba en los labios a menudo. Luego Mary vio que hacía un gesto de negación a lo lejos y pensó en Juan Nadie y su candil; tuvo un vago recuerdo de un pene sobre sus nalgas, pero se apagó pronto.

—Estira el cuello, Mark —oyó.

Mary obedeció. Sintió los dedos de Anne sobre su garganta, rozando el collar de mascota que la capitana le había colocado el día que Mary llegó al barco. Después hubo un *clic* y Mary sintió que el objeto se deslizaba por su cuerpo hasta caer al suelo. Sorprendida, miró a los ojos de la capitana.

—Ya está. Ahora puedes marcharte —dijo ella.

Mary dio un paso atrás. El collar quedó entre ambas. Entonces Anne Bonny se agitó y Mary se dio cuenta de algo extraordinario: ¡temblaba! ¡La capitana temblaba! Mary tragó saliva. Se dio cuenta de que tenía que ser muy cuidadosa.

—Recógelo —dijo.

Era la primera vez que le daba una orden. Los ojos de Anne se abrieron y, por un momento, Mary los vio brillar con furia; pero enseguida se apagó ese fuego.

La capitana se agachó y recogió el collar del suelo.

—Mételelo en el bolsillo —ordenó Mary.

La capitana estaba vestida con una casaca de paño y unos pantalones de tela. Obedeció y se metió el collar en el bolsillo del pecho. Mary vio sus dedos deslizarse por los botones dorados y sintió de nuevo el aguijonazo del deseo entre sus piernas. Consultó los ojos de Anne Bonny y vio en ellos una súplica tan profunda que la animó a seguir adelante.

—Déjame verte —dijo en voz baja.

Anne tardó esta vez un poco más en moverse. Se llevó las manos a los botones y los desabrochó, uno tras otro. Mary contuvo el aliento cuando se quitó la casaca y la dejó caer al suelo. Después deshizo los lazos de su camisa y, lentamente, se la sacó por la cabeza.

Ahora estaba desnuda de cintura para arriba y, aunque Mary no podía verla con tanta claridad como otras veces, distinguía perfectamente sus senos generosos, sus pezones erectos, el brillo de sus pendientes y collares, la curva de los músculos de sus brazos. Tragó saliva, miró hacia abajo y le hizo un gesto.

Nuevamente Anne Bonny se agachó, se quitó las botas y se deshizo de sus pantalones. Mary tuvo que contener un suspiro cuando la vio. Observó que sus ojos verdes miraban hacia el barco, pero no tenía ganas de volverse para saber si Juan Nadie las estaba observando.

—Apóyate en la barandilla —le dijo.

Desnuda salvo por el tricornio, la capitana se apoyó en la punta de la proa. El tacto del metal y la madera debió de resultarle erótico, porque echó la cabeza hacia atrás como si le gustara. *O simplemente*, se dijo Mary, *quiere provocarme*. Clavó la vista en el triángulo de vello rojo y sintió deseos de hincar la rodilla ante él, pero se contuvo.

—Abre las piernas —pidió.

—Si sigues así —dijo entonces Anne Bonny con la voz ronca—, tendré que matarte.

Mary contuvo una risa.

—No me matarás, capitana. Abre las piernas y échate hacia atrás.

Anne comenzó a respirar con fuerza. Sus manos buscaron por detrás de la barandilla del barco; de pronto, sin que Mary pudiera preverlo, se aupó peligrosamente a ella. Sentada sobre el palo bauprés, subió los pies a la barandilla y abrió los muslos. Era peligroso.

Y excitante.

Mary pensó que descubrir nuevos mundos tenía que ser algo parecido a eso: ver el coño más maravilloso abierto para ti donde debería estar el horizonte.

—No te muevas —dijo, y no sabía bien si era un ruego o una orden, pero Anne obedeció.

Mary se acercó y observó la blanca piel a la luz de la luna. Se dio cuenta de que comenzaba a clarear. El cielo era más azul que negro, y podía ver las cicatrices sobre el cuerpo de la capitana con más claridad. Se inclinó y, muy suavemente, besó su vientre. La capitana se estiró y levantó apenas las nalgas de la barandilla.

Mary recorrió con los labios un camino de besos desde el ombligo hasta arriba. Se detuvo en los pezones, acariciándolos con la punta de la lengua hasta que los notó duros y rugosos al tacto. Después besó la boca de la capitana, su nariz, su frente. Sintió que temblaba con el más mínimo roce... o quizás fuera por el esfuerzo de mantenerse en esa postura.

Decidió concederle un respiro y descendió de nuevo por su cuerpo hasta detenerse en el comienzo del vello del pubis. Lo calentó unos instantes con su aliento y después introdujo la lengua, moviéndola arriba y abajo. Sintió que Anne murmuraba algo y agitaba las caderas; aplicó los labios al botón y lo chupó con más fuerza mientras movía la lengua en círculos. Mantuvo el ritmo hasta que escuchó como la capitana respiraba cada vez más profundo y sus músculos se tensaban.

Entonces se apartó.

Anne Bonny soltó un gemido de frustración y bajó los pies al suelo del barco. Su pecho se movía arriba y abajo y Mary sintió que se derretía bajo su mirada.

—Ahora sí que voy a matarte —jadeó.

Mary soltó una risita. Anne se arrojó en sus brazos y la besó con avidez, metiendo la lengua en su boca. Mary le devolvió el beso y puso una mano entre sus muslos. La empujó de nuevo contra la barandilla mientras se abría camino entre la humedad con dos dedos. La capitana gimió contra su boca y se dejó hacer; Mary la penetró de pie y le rozó el botón con el pulgar, como sabía que le gustaba.

—Te aferras a ese collar —le susurró en la oreja mientras movía los dedos—, pero sabes perfectamente que no tiene importancia. Yo no estaría aquí si no lo quisiera... y soy feliz, feliz de una forma que nunca antes imaginé. Porque me quieres... Porque confías en mí... —Mary se apretó más contra ella y probó a usar una palabra que a su antiguo yo le habría escandalizado—. Porque me follas con el corazón, y me dejas follarte.

Anne Bonny contuvo un grito y su vagina apretó con fuerza los dedos de Mary. Mary la sostuvo hasta que dejó de moverse y apoyó la cabeza contra su hombro. Sentía una humedad que pronto iba a traspasar el pantalón y poner en entredicho su identidad como Mark Read, pero cuando iba a sugerir regresar al camarote, el sol asomó la cabeza a estribor.

Mary guiñó los ojos y distinguió algo en el horizonte.

—Anne —dijo—. ¿Qué es eso?

Escuchó una tosecilla por detrás y se dio la vuelta. Juan Nadie se había acercado hasta ellas, con una impresionante erección visible a través de su pantalón. Saludó a Mary con la cabeza y se dirigió a Anne Bonny.

—Capitana —dijo, y señaló con el dedo índice—. Tierra a la vista.

20

☠ ☠ ☠

John Barnet abrió los ojos poco a poco. Tenía la sensación de haber dormido durante días, quizás semanas.

Se dio cuenta de que volvía a estar en tierra. Su cabeza estaba apoyada sobre la arena húmeda y las olas de la playa le lamían las piernas.

Con esfuerzo, se incorporó. Volvía a llevar sus andrajosos pantalones. Cuando se puso en pie, notó algo duro en el bolsillo; metió la mano y sacó una larga caracola de color gris irisado. Mientras le daba vueltas en la mano, se fijó en la inscripción:

Gracias por tus servicios, humano.

Este es un regalo por si nos necesitas.

Se tocó el cuello y notó la costra de una herida. Así pues, era cierto que había pasado el tiempo. ¿Quizá la reina de las sirenas le había inoculado algún tipo de droga al morderlo? Sentía la cabeza pesada y no recordaba bien, pero en su mente había retazos: la sensación de volver a ahogarse..., ser arrastrado a través del mar. La ballena… ¿Por qué recordaba una ballena? La ballena y su enorme boca… El interior del monstruo… Y él, pensando con sus últimas fuerzas: *Jack Rackham. Conseguiré la cabeza de Jack Rackham.*

Barnet se frotó los ojos y echó a andar por la playa. Para olvidarse del dolor de cabeza, se dedicó a poner en práctica sus habilidades de orientación. Frente a él, la tierra de la playa se curvaba, por lo que supo que se encontraba en una isla. Y aunque no había indicaciones en el cielo, la posición del sol le indicaba que debía estar al sur de la Hispaniola. No había señales de vida más allá de los sonidos de animales en la selva y las conchas abandonadas en la arena.

Horas después, cuando hubo recorrido la isla entera, Barnet se sentó en una piedra y se puso a dar vueltas a la caracola entre sus manos. No entraba en sus planes naufragar en una isla desierta. Mientras él estaba allí, ocioso, Jack Rackham estaría asaltando más barcos ingleses y gastándose su oro en mujeres y comilonas. Tenía que encontrar la forma de marcharse, aunque podía tardar meses en construir una embarcación adecuada.

Entonces escuchó el grito de las gaviotas a su derecha y una bandada salió volando. Pensó que algún ave las habría asustado, pero entonces vio en el horizonte despejado los tres mástiles de un barco. No podía distinguir mucho más a esa distancia, pero la intuición le aconsejó internarse en la maleza y esperar.

Quizá el poder de las sirenas fuese mayor de lo que había imaginado.

21

—Esa isla no está en los mapas —dijo Anne Bonny, frunciendo el ceño.

A su lado, Calicó Jack estaba tan excitado como un niño. Iba y venía por la cubierta del barco y le faltaba poco para ponerse a dar brincos y zapatetas. Había comenzado a soplar el viento y se le movían las plumas coloridas del tricornio.

—Claro que no, tesoro —dijo—. Si los marineros de todo el mundo se enteraran, poco quedaría de la isla, ¿no es verdad, Marcellesi? Reconozco sus playas. La roca grande y gris del acantilado del Oeste. Y, en el centro, la colina con el viejo árbol. Lo llaman el Árbol del Ahorcado. Cuando sus invitados son demasiado groseros, los cuelgan allí y los dejan morir de asfixia; pude ver los ropajes del último la última vez que vine.

—¿Quiénes? —preguntó Mary.

—Las mujeres salvajes.

—Siempre pensé que bromeabas cuando hablabas de eso —dijo Anne Bonny—. ¿Crees que estamos como para jugar con nativas?

Había vuelto a vestirse y se sentaba en un barril junto a Mary, mientras le acariciaba el corto cabello. Jack las miró y se encogió de hombros.

—Bueno, tenemos que fondear para recoger agua y comida. No veo por qué no podemos presentarles nuestros respetos.

—Vamos en busca del snark, bobo —dijo la capitana—. No vamos a encontrarlo si nos detenemos cada dos por tres para que te saquen brillo a la polla.

—Esto es interés científico, capullito de alhelí. Estas mujeres no son totalmente incultas. Descienden de una población de esclavos huidos y han formado un pueblo independiente de gran sabiduría. No me extrañaría que supieran algo de tu snark o de su tesoro.

El padre de Mary carraspeó.

—Si se me permite intervenir en la conversación, hemos llegado a un descubrimiento interesante, pero que no termino de comprender. Por mis últimas averiguaciones, parece que ya hemos entrado en el triángulo donde más veces ha sido avistado el «monstruo de rostro innombrable» que nosotros conocemos como snark. El vértice de dicho triángulo es la isla de Curaçao, que el legendario pirata Edward Breach, es decir, Barbavioleta, menciona como su destino en su diario de a bordo. Pero Breach también escribe lo siguiente: «Al intentar sumergirme de nuevo en los atrevidos placeres de mi tesoro…», paja, paja, paja…, «nos vimos frente a frente con la tempestad; fue así como me topé con un terrible descubrimiento que no había previsto: en ocasiones los snarks son boojums». ¿Qué es un boojum?

—¿Un licor añejo? —preguntó Anne.

—¿Una mujer hermosa? —dijo Jack.

—Si un snark puede ser un boojum —dijo Mary—, ¿un boojum siempre es un snark?

—Son todo cuestiones —respondió el científico—, pero convendría que tratásemos de responder tantas preguntas como podamos.

—Bien, de acuerdo. —Anne Bonny se levantó, dando por terminada la reunión del consejo del barco—. Aprobada la moción. Si el resto no tiene inconveniente, y lo dudo, desembarcaremos un día en la isla.

Mientras echaban el ancla, Jack preparó sus cosas y se vistió con especial atención mientras silbaba. Mary lo vio echarse una sustancia aceitosa en el pelo frente al único espejo del barco, un aparejo medio roto que bailaba sujeto de un cordel en el camarote del capitán. Jack captó la mirada de la muchacha y le dirigió una rápida sonrisa. Anne Bonny tenía razón, pensó ella: desde su transformación, él la miraba con otros ojos.

—¿Vamos, estimado Mark? Ajústate el sombrero. Eso es. Y trata de parecer un pirata muy duro. En el fondo, los bucaneros y los canallas son los que más seducen a las mujeres. Pero ten mucho cuidado con estas; son peligrosas y no se dejan raptar fácilmente, al contrario que nuestra querida Rita.

Rita estaba recostada junto al lecho de Jack, con el rostro hundido en un crucigrama. Al ver que nadie reía su broma, Jack se quejó:

—Eh, cariño, ¿qué ocurre? ¿Estás en tus días malos?

—Podría ser, aunque una se pregunta cómo se ha dado cuenta el capitán, considerando las circunstancias —respondió Rita sin levantar la vista—. Me gustaría encontrar un sitio donde darme un baño. Desde que levamos anclas, este camarote huele como un trozo de grasa en mitad de un barril de pólvora.

—Sea, perrita mía. Tú lávate tu precioso cuerpo y nosotros buscaremos la… sabiduría de las mujeres salvajes.

Rita le dirigió una mirada poco amable, pero no contestó.

22

John Barnet atisbó por debajo del frondoso cocotero al que estaba subido.

Había visto como el bote de remos llegaba a la isla y las figuras ponían pie en tierra, armadas con sables y pistolas. Encogido, con los músculos en tensión, había distinguido la silueta llamativa de Jack Rackham y la de la mujer de melena de fuego en la playa.

Mientras los integrantes del bote se dividían en grupos y el barco de la bandera negra se mecía con obscena tranquilidad sobre las olas de la bahía, John Barnet esperaba. Sintió que el estómago se le retorcía de hambre, pero clavó la vista en las personas que se acercaban. Aun si todavía no podía hacer nada, era importante tener al enemigo controlado.

Había albergado la esperanza de que fuese Jack Rackham el que había tomado su camino, pero los que pasaron bajo él sin verle eran tres piratas. Corrección: dos piratas y una mujer desconocida, que desaparecieron siguiendo un arroyo cuyo curso él ya conocía.

Sin hacer ruido, descendió del árbol y los siguió.

Cuando encontraron el remanso y la pequeña poza, comenzó la recogida de agua dulce. Los piratas pusieron a llenar unas grandes barricas y, la mujer, un pequeño barril. Llevaba una ropa extraña, compuesta sobre todo por tiras que simulaban flecos y largos cabellos. Cuando se agachó para recoger el barril, Barnet vio que estaba completamente desnuda bajo esos flecos, y se inclinó entre las ramas para mirarla mejor.

La mujer se llevó las manos a los costados y se desprendió de los flecos, dejando ver un cuerpo voluptuoso de color café con leche. Sin atisbo alguno de vergüenza, se metió en el agua. Chapoteó, se estiró sobre la orilla y cortó varias hierbas de alrededor, con las que comenzó a frotarse la piel. Barnet deslizó la vista por los generosos pechos, el vientre que denotaba que ya no era tan joven, el sexo oscuro y de labios separados. Mientras ella se bañaba, los piratas iban y venían recogiendo frutos y brotes. Uno de ellos no le quitaba el ojo de encima.

—Rita, ¿es verdad lo que dicen en el barco?

—¿Qué dicen?

—Que el capitán está ocupado con sus nuevas distracciones y ya no atiende como es debido a su mascota.

La mujer se colocó debajo de la cascada y dejó que el agua le empapase el pelo. Abrió la boca para llenarla de agua y después escupió un chorro unos metros por delante. Barnet se fijó en que lo único que no se había quitado era el collar negro que llevaba al cuello.

—Los piratas sois peores que comadres —dijo.

—¿Pero es verdad? —dijo el pirata, que avanzó hacia ella—. Porque si buscas algo más, yo estoy más que dispuesto. Sabes que siempre lo he estado.

La mujer sonrió un poco. Se frotaba con su improvisada esponja los pechos, cuyos negros pezones apuntaban al pirata. Barnet se sorprendió al darse cuenta de que estaba excitado.

Había creído que con las sirenas había tenido bastante, pero aquella mujer era distinta. No parecía en absoluto peligrosa, y sí sensual.

—Mil Cicatrices, mi rey —respondió ella—, tú sabes que yo soy del capitán en cuerpo y alma y que jamás lo traicionaría.

—No hablo de traicionar —aclaró el pirata—, sino solo de darte algo que tal vez necesitas.

—¿Sí? ¿Y quién te dice a ti que puedes dármelo? —Ella se echaba agua encima, se contoneaba y se acariciaba con la punta de los dedos el pezón.

—Me cortaron la cara y una pierna, no la polla.

El llamado Mil Cicatrices se había acercado al estanque y contemplaba en cuclillas a la mujer, como una rana al borde del agua. Como si él no estuviera a escasos centímetros de ella, Rita sumergió el manojo de hierbas en el agua, abrió su sexo con los dedos y se lavó meticulosamente los oscuros pliegues de carne. John Barnet sintió su pene presionando contra el pantalón; sin querer, pisó una rama y vio que ambos levantaban la vista. Por un instante, los ojos de la mujer se encontraron con los suyos y Barnet tensó los músculos para huir, pero Rita bajó la vista y terminó de lavarse con las manos.

—No es por ofender, mi rey —dijo—, pero no eres mi tipo. Los hombres siempre me han gustado demasiado, pero los prefiero bien parecidos, no con un ojo mirando a México y el otro a la costa africana.

—Eh, no es para tanto —protestó el pirata—. En todo caso, México y Panamá. Y tengo suerte de conservar los dos ojos. No querrás que me ponga un parche cuando ambos ven perfectamente, ¿verdad?

—Por supuesto que no. Dime, pues, ¿por qué no usáis Jimmy y tú vuestra gran visión para averiguar qué ha sido ese ruido?

—¿Qué va a ser? —El otro pirata hacía rodar una de las barricas de agua llenas—. Seguro que las mujeres salvajes estas se están divirtiendo mucho con nosotros. El mundo de los piratas de Calicó Jack es *tan* divertido; enrólate con Calicó Jack; sí, sí, una diversión terrible, si eres él, por supuesto. Voy a pedir el traslado a los Mares del Sur. Me han llegado noticias de que allí las islas están llenas de nativos con mucho morbo y unos penes enormes metidos en cuernos.

—Precisamente —dijo Rita—. ¿Por qué no vais a buscar a las salvajes? Jack estará encantado de que las traigáis a su presencia, y yo podré secarme tranquila.

Barnet permaneció quieto. De nuevo vio que los ojos de la mujer lo buscaban, pero fue apenas un amago. De mala gana, Mil Cicatrices se puso en pie e hizo un gesto al otro pirata.

—Al menos vístete para cuando volvamos —gruñó.

—Lo intentaré —prometió Rita, que ahora se escurría el largo pelo negro.

Barnet se agachó mientras los piratas miraban en derredor y echaban a caminar por el sendero. Estuvo en esta posición hasta que sus voces se fueron apagando. Entonces escuchó un chapoteo y levantó la vista. Rita había salido del agua y, tal como había anunciado, se había recostado al borde del estanque para secarse.

—¿Tú eres un hombre salvaje?

Le hablaba a él. Barnet apartó las ramas y salió al claro. La llamada Rita deslizó rápidamente la mirada por su pecho velludo y sus fuertes muslos.

—Solo soy un náufrago.

—Dicen que este es un buen lugar para naufragar.

—Aún no he tenido la suerte de toparme con ninguna mujer por estos lares. Eres la primera que veo y debo decir que, si todas son como tú, la visión me complace.

Una ligera sonrisa apareció en la comisura de los labios de Rita.

—Eres atrevido, marinero. Por desgracia, no puedo corresponderte. Si alguna vez has visto este tipo de collares, sabrás lo que significan.

Barnet observó a la mujer que se estiraba a sus pies completamente desnuda. Sus palabras contradecían el descaro de sus actos, pero estaba acostumbrado a que fuera así con los piratas y sus mascotas. Todos eran morralla, puros sacos de mentiras.

—El significado que pueda darle un vulgar hatajo de piratas a lo que no es más que lujuria sin mesura me trae sin cuidado.

—¿Mi collar te inspira lujuria? —preguntó la mujer.

—Tu collar es un mero espectáculo —gruñó Barnet—, hecho para el placer de quien te posee.

—Y para el mío —convino Rita—. Y para el tuyo. ¿O acaso vas a decirme que no querrías ser tú la mano que lo abre y lo cierra?

Barnet titubeó unos segundos.

—Si realmente te quisiera, ese collar saltaría bajo la fuerza de mis manos.

Rita emitió una risita.

—Ya veo. Eres de los que quieren liberarnos del yugo para luego quedártelo tú. Las cosas son un poco más complejas de lo que crees, marinero. —Encogió las piernas y arqueó un poco la espalda, elevando su sexo del suelo. Una de sus manos volvió a deslizarse perezosamente por su cuerpo—. Primero, estoy bastante menos indefensa de lo que crees. Segundo, aun si no temes a los piratas, puede que te diga algo el nombre del dueño del collar: se trata de Jack Rackham.

Barnet sintió que la piel se le erizaba ante la mención del nombre, pero se mantuvo inmutable. Aquella mujer era la mascota de Rackham y desconocía el alcance de su lealtad hacia él; debía ser tan cauteloso como fuera posible.

—Ese nombre no me dice nada —aseguró.

—¿No?

Rita rodó sobre su estómago y se acercó a él a cuatro patas. Desde el suelo, le rozó los pies con una mano suave y recién lavada.

—¿El pirata más libertino de los mares del Caribe?

—Nada.

—¿El bucanero más hortera al sur de Florida? —Rita se abrazó a sus rodillas y subió despacio por sus piernas.

—Ni idea. O espera —dijo Barnet al sentir la caricia de los grandes senos contra su piel—. Puede que empiece a acordarme.

—¿El hombre más engreído, fatuo como un pavo real, que hace bromas sin gracia y siempre espera que su amante, su mascota o cualquier otro que esté cerca le saque las castañas del fuego?

Arrodillada, Rita le hablaba directamente a su entrepierna, a apenas unos centímetros de distancia. Barnet sintió el aliento de la mujer sobre él; se estremeció un poco cuando le acarició el bulto duro y le desabrochó el botón del pantalón.

—Sí —susurró—, sé bien de quién hablas.

Rita liberó su polla y se inclinó sobre ella. La tomó con la mano por la base y, como si se tratara de un caramelo, deslizó apenas la punta de la lengua por el glande, sin dejar de mirarlo. Barnet respiró con fuerza cuando la lengua rozó su agujerito y se introdujo un poco en él a la vez que lo rozaba con los labios, calentándolo con su respiración.

De pronto se apartó. Barnet soltó un gemido de dolor y sorpresa cuando ella volvió a colocar el pantalón en su sitio de un tirón y se puso en pie.

—Entonces quizás puedas ayudarme —dijo Rita—, porque llevo muchos años queriendo matarlo.

23

☠ ☠ ☠

Anne Bonny arrojó con esfuerzo el saco de cocos al fondo del bote de remos y se giró para mirar atrás. De pie en la orilla, Mary no sabía si acompañarla o permanecer junto a Calicó Jack, que hacía tiempo sacudiéndose el tricornio antes de mojarse las botas. El sol decaía y formaba largas sombras sobre la playa; las ráfagas de viento causaban pequeños remolinos en la arena.

—Ven ya —ordenó la capitana—. Tenemos que regresar al barco. Esta noche va a haber tormenta.

Jack se volvió hacia los otros piratas. En aquel momento, a Mary le pareció poco más que un niño con una idea fija. Sus bigotes se movían de excitación.

—¿No podemos quedarnos aquí un poquitín más? Estoy seguro de que estas cuevas son un gran refugio de la lluvia. Es romántico escuchar la canción de la tormenta de esta manera, ¿no crees, florecilla azotada por el viento?

—Vuelve a llamarme así y escucharás la canción de la tormenta desde debajo del océano —rugió Anne Bonny—. Aun si esas mujeres salvajes tuyas existieran, está claro que no tienen ningún interés en nosotros.

Mary no estaba del todo de acuerdo. Mientras caminaba junto a Jack y Larsson, había tenido la sensación de que unos ojos los observaban. Y había creído distinguir una sombra oscura que se escondía a sus espaldas. La espesura parecía estar viva; incluso diría… sonaba absurdo, pero le parecía que las sombras tenían especial interés por *ella*. *Ahora soy Mark*, se recordó tragando saliva. *No debo mostrar miedo.* Pero lo tenía, y terminó por arrimarse a Jack de forma casi instintiva.

—Contramaestre Mark, ¿qué te ocurre? —dijo el capitán, que acababa de recoger un mango todavía en buenas condiciones del suelo—. Se diría que no tienes ganas de que nos encuentren, ¿es así? —Le pasó el brazo por los hombros y le susurró—: Espera, acabo de darme cuenta: tú no conoces mujer alguna salvo, por supuesto, la que tú y yo compartimos, y estaremos de acuerdo en que es un poco especial. ¿Es eso lo que te asusta? ¿No tienes ganas de coger otros pechos, meter la cara entre ellos…, saborear el gusto de otras rajas mojadas con el placer de quien hunde los dientes en una papaya madura?

Jack le acarició los labios con el fruto suave y de olor penetrante. Mary enrojeció y se limpió la boca con la mano.

—Aun si quisiera —respondió—, no sé si a *ella* le gustaría.

—Oh, *ella* —Jack hizo un gesto de fastidio—. *Ella* siempre está aguándole la fiesta a todo el mundo. Yo estaría contigo, ¿lo sabes, verdad? Al lado. Encima. Debajo. Donde me digáis. Además, tengo entendido que vuestra relación es ahora un poco diferente.

Mary no supo bien qué responder. La mano de Jack estaba ahora en su cintura. Pensó en que era la primera vez en varios días que él se mostraba cariñoso, y ni siquiera era ella el motivo. Por un instante, entendió los celos y el malestar de la capitana. *¿Qué pasa si me enamoro de otro pirata?*, resonó de nuevo en su cabeza.

El capitán se había rendido y se acercaba ahora al bote. Pasó al lado de Mary sin ni siquiera mirarla y apoyó un pie en la borda. Entonces se escuchó un sonido lejano y algo pasó silbando junto a la oreja de Mary. Con estupor, vieron que una flecha emplumada se clavaba en la madera de la chalupa, justo debajo de la pierna levantada de Calicó Jack.

—¿Qué demonios? —bramó Anne Bonny, que se irguió.

—¡Están aquí! —gritó Jack—. ¡Todo el mundo a tierra! Seguro que nos dan la bienvenida con los brazos abier…

Otra flecha se clavó ante él en la orilla. Jack miró la flecha, echó un vistazo a la jungla y levantó los brazos. Mary optó por hacer lo mismo. El resto de los piratas los imitó, salvo Anne Bonny, que permaneció de pie en el bote, con la mano en la empuñadura del sable.

De la espesura surgió un grupo de nativas que comenzó a cruzar la playa en silencio. Mary abrió mucho los ojos. Aunque aún eran jóvenes, su aspecto distaba mucho de ser el amable ideal del que hablaba el capitán: la mayoría eran negras o de rasgos exóticos, portaban armas y los rostros y torsos estaban surcados de agresivas líneas de pintura blanca. Iban casi desnudas, con faldas de hojas que se cimbreaban en sus caderas, y aun así sus cuerpos fibrosos parecían listos para saltar ante cualquier amenaza de peligro. Mary vio que algunas de ellas apuntaban directamente a Jack con arcos y flechas.

—Marcellesi —dijo Jack, cuyo rostro se había empapado de sudor—, tú hablas idiomas. Diles que venimos en son de paz.

—Puedo intentarlo, capitán, pero no tengo ni idea de qué hablan estas señoras. La última vez que estuve aquí no hicieron falta palabras; pero de eso hace ya muchos años, y se ve que la edad no nos ha tratado bien a ninguno.

Las mujeres se detuvieron a varios pasos de ellos. Mary vio que Marcellesi trataba de dirigirse a ellas en distintos idiomas y, finalmente, encontraba uno en el que parecían entenderse. Señaló a Jack con un dedo y la mujer que iba al frente, alta y de gruesos labios, lo observó. La nuez del capitán se movió arriba y abajo y le dedicó una sonrisa. Ella no se la devolvió. Pronunció unas palabras que sonaron amenazadoras.

—Dice, capitán, que no tiene el gusto de conocernos. La mayoría de sus compañeras murieron hace años en una epidemia —explicó Marcellesi—. Desde entonces se han vuelto desconfiadas. Su raza ha sobrevivido en esta isla a los ataques de los hombres, pero sus cuerpos no están preparados para sobrevivir a las enfermedades que traen consigo. Quiere saber si estamos limpios y libres de pústulas. De no ser así, dice, nos matarán rápidamente.

—¿P-p-pústulas? —tartamudeó Jack—. Por supuesto. Quiero decir, ninguno de nosotros tiene nada raro, ¿verdad? Algunas ladillas, gonorrea, pero nada más, ¿sí?

Marcellesi respondió. La mujer ladró más palabras.

—Pregunta, capitán, cuáles son los hábitos de higiene en nuestro barco.

—Insuficientes —bufó Rita, acurrucada en un rincón de uno de los botes—. Eso está claro.

—Un baño cada mes, quizá un poco más. Pero podemos lavarnos ahora mismo, si lo desean. Podemos lanzarnos todos al mar y nadar hasta el barco, si es lo que prefieren. —Jack sudaba a chorros.

—Si eso hace que dejes de aclararte el pelo en el agua de beber, yo voto a favor —dijo Anne Bonny.

Las mujeres salvajes la miraron. Algunas bajaron las flechas. La de los labios gruesos le preguntó algo a Marcellesi en un tono algo más amable.

—Preguntan si es ella la jefa del grupo.

—Bueno… —farfulló Jack.

—Diles que sí —dijo Anne—. ¿Qué desean saber?

Varias de las mujeres miraron a Mary. A esta le sorprendió distinguir en sus ojos aquello que hasta entonces solo había visto en los de los hombres. La jefa de las mujeres salvajes hizo un gesto en su dirección, sonrió y volvió a hablar.

—Preguntan —A Marcellesi se le escapó un tono irónico— si el marinero guapo es complaciente en el lecho y si engendra hijos fuertes.

—El marinero guapo es de mi exclusiva propiedad —contestó la capitana.

—Diles que yo estoy libre —siseó Jack.

—Tú, cierra tu sucia boca.

Las mujeres salvajes hicieron sonidos de decepción al oír la respuesta. La jefa se cruzó de brazos y habló con Marcellesi un rato.

—Veamos —dijo él e inspiró hondo—. Quieren hacer un trato. Saben la razón por la que fondean aquí los barcos y están dispuestas a conceder su don a los interesados. A cambio, le quieren a *él* —Marcellesi señaló a Mary con la cabeza—. Se quedará con ellas hasta que estimen conveniente, recibirá el honor de desvirgar a las más jóvenes y tendrá el deber de satisfacer a las que así lo exijan. No les importa pagar para obtenerlo. Después de todo, dicen, no tienen dónde gastarse el dinero.

—Esa muj… ese hombre no está en venta —zanjó colérica Anne Bonny.

—Están dispuestas a pagar diez mil doblones.

—¿DIEZ MIL DOBLONES? —dijeron a la vez Jack Rackham y Anne Bonny.

Mary vio que las miradas de ambos se volvían lentamente hacia ella, todavía con la boca abierta. Y, por primera vez desde su secuestro, tuvo verdadero miedo.

—Capitana —dijo, tartamudeando—. No es una buena idea. Puede que se enfaden mucho al saber la verdad.

—O puede que no —dijo ella pensativa.

—No te atrevas —farfulló Mary—. ¡No podéis venderme ahora así como así! Os he salvado la vida varias veces. Os he protegido, encubierto, acogido en mi cuerpo y fuera de él. Me... me habéis nombrado contramaestre, y hasta me regalasteis un gorro. —Contuvo las lágrimas—. ¡Decías que me amabas!

—Nuestras lealtades son escasas —dijo una vez más Calicó Jack—. Y nuestras vidas, cortas. Cariño, ¿no querías retirarte? Con este dinero no tenemos que perseguir a monstruos como el snark. Podemos largarnos sin más y comprar un terrenito donde nadie conozca nuestros nombres. No seremos Anne Bonny y Jack Rackham, sino solo Anne y Jack. Y a lo mejor puedes sostener otra vez en brazos a un ochavón de pelo rizado tan encantador como aquel que perdiste en la rebelión de los esclavos.

Anne Bonny lo miró sin decir nada. Parecía dudar. Luego volvió los ojos a la jefa de las mujeres salvajes, que aguardaba expectante; y, para horror de Mary, asintió.

24

La gaviota graznaba en lo alto del cielo nublado. John Barnet reconoció la señal. Abandonó su cena de frutos e insectos —peores las había tomado— y caminó entre los árboles hasta encontrar un claro. Con su impresionante visión, el pájaro distinguió su figura desde lo alto, desafió los vientos y aleteó hasta posarse en el tocón de un árbol. Graznó de nuevo.

—Buen servicio —concedió Barnet.

Se inclinó para desatar la cápsula que el ave llevaba al cuello y sacar de ella un mensaje enrollado. La gaviota lo contemplaba con un ojo mitad inocente, mitad rapaz. John Barnet sacudió la cabeza.

—No llevo suelto —se disculpó.

La gaviota chilló de frustración y, sin más preámbulo, agitó las alas hasta volverse a elevar en el cielo. Barnet se apartó justo a tiempo de que algo de color marrón cayera desde arriba y salpicara las rocas a su lado. Terminó de desenrollar el mensaje y leyó:

Servicio Oficial de Gaviotorreos – Mensaje n.º 113-2-21/1747

De: Gobierno de Jamaica <jamaicagov@airdeliveries.gvt>
Para: John H. Barnet <jbarnet@7seas.net>

Capitán Barnet:

Por la presente queremos transmitirle nuestra más sincera consternación. Hemos tenido noticia de que el navío en el que partió sufrió un percance y se hundió en el Estrecho de los Pesares, pero el servicio de Gaviotorreos asegura que su cuenta sigue activa. Por tanto, entendemos que el acuerdo entre este gobierno y usted sigue vigente.

Debemos hacerle saber que usted partió hace exactamente 45 (en letras latinas: CUARENTA Y CINCO) días de las costas de nuestra isla con una misión de cuyo progreso no hemos recibido noticia alguna hasta la fecha. Teniendo en cuenta que usted recibió del Gobierno de Jamaica, y por tanto de la Real Corona, la nada desdeñable cantidad de 300 (en letras latinas: TRESCIENTOS) reales de a ocho en concepto de adelanto por sus servicios, nos vemos obligados a informarle de lo siguiente:

El Gobierno de Jamaica no se hace responsable de las pérdidas que otras empresas o individuos puedan sufrir en actividades conjuntas.

El Gobierno de Jamaica puede reclamar daños y perjuicios en concepto de reparación en el caso de incumplimiento de contrato por parte de las citadas empresas o individuos.

Los daños y perjuicios, en casos como el suyo, pueden ascender a: i) pérdida oficial de cualquier título otorgado en años anteriores, como, por ejemplo, el de almirante; ii) busca y captura por parte de las fuerzas del orden de la Corona o de todas las fuerzas asociadas, incluidos los corsarios actualmente oficializados; iii) exigencia de pagos en concepto de reparación con bienes materiales o personales; y iv) causa legal con posibilidad de encarcelamiento y horca, si llegara a demostrarse que ha existido mala fe o deseos razonables de engañar al Gobierno de Jamaica por la otra parte.

143

Debido a la gravedad de la situación, creemos oportuno comunicarle que tres fragatas cargadas de 175 (en letras latinas: CIENTO SETENTA Y CINCO) oficiales y soldados de la Corona han zarpado desde nuestras costas con instrucciones precisas de encontrarlo y darle escolta de nuevo hasta nuestra isla. El servicio de Gaviotorreos ha tenido la amabilidad de transmitirnos su posición, por lo que no será necesaria respuesta alguna por su parte a este mensaje.

Aprovechamos para felicitarle por su cumpleaños y deseamos poder saludarle lo antes posible.

Atentamente,
Vicegobernador Klaus

John Barnet arrugó el papel hasta convertirlo en una diminuta bolita que arrojó de un papirotazo. Miró en derredor. Anclado cerca de la costa, el barco pirata era una sombra que se recortaba contra la puesta de sol. Poco a poco, las nubes iban convirtiendo el cielo en una extraordinaria bóveda de color gris plomizo, cada vez más oscuro.

—Esta noche —recordó el susurro de Rita en su oído mientras lo besaba aún en el cuello—. Ven esta noche. Yo te guiaré.

—¿Lo harás? —respondió Barnet en el mismo tono, resistiéndose a dejarla ir, con las palmas de las manos sobre sus senos.

—Te lo prometo.

Sus bocas se apartaron y Barnet vio como Rita terminaba de vestirse. Con la boca seca y la convicción de que tenía que adherirse al plan, se dio la vuelta y se internó de nuevo en la selva.

25

Hija, no te enamores nunca, sonaba en la cabeza de Mary la voz de su madre. Para quien no la conocía bien, su madre había sido una mujer hermosa, respetable y acomodada, con la única peculiaridad de mostrar una atrevida curiosidad por todos los aspectos de la vida; para quien la conoció un poco más, era un problema. Mary había oído todo tipo de cosas: desde que era una enferma que necesitaba apagar sus fuegos con conocidos y desconocidos, tanto hombres de su misma clase social como camareros, villanos y hasta vagabundos, hasta que su padre dejaba correr el asunto porque, en realidad, las aventuras de ella les reportaban lujos a ambos y era capaz de hacer oídos sordos al escándalo, puesto que lo único que le interesaba era la ciencia. *Haz lo que quieras, pero no te enamores*, le aconsejó la hermosa mujer a Mary antes de morir. *Todos son iguales. Se aprovecharán de tu sangre inquieta, buscarán de ti tus favores y luego te abandonarán como una hoja seca en el viento.*

Sentada entre cojines en el salón del barco, con el rostro tan sombrío como animado era el alboroto a su alrededor, fue consciente por primera vez de que ese «todos» incluía a piratas y mujeres. Y, por descontado, a mujeres piratas.

Las mujeres salvajes le habían atado al cuello una correa mucho más áspera que el collar que había llevado hasta hacía poco. En aquel momento, la jefa de labios gruesos era quien la sostenía; con ella enrollada en la muñeca, se llevaba a la boca un trozo de carne y bebía un largo trago de hidromiel de una copa dorada. Mary sentía el tirón estrangulador de la correa en su garganta. A su derecha, otra de las mujeres salvajes insistía en hacerle cosquillas a la altura del cogote. De vez en cuando, se volvía y le susurraba cosas a la que estaba sentada a su lado. Mary imaginaba que eran obscenidades referidas a su persona, pero no hablaba su idioma y tampoco tenía ganas de responder.

Anne y Jack estaban al otro lado del salón. La gran mesa alargada se había apartado a un lado para la ocasión especial y los piratas del *Vanidoso* estaban, al igual que sus invitadas, desparramados entre alfombras y cojines. Jack había mandado abrir todos los barriles de licor y cada dos por tres se servía un vaso de brandy.

—Debemos formalizar el trato cuanto antes —escuchó Mary la voz de Anne Bonny.

Marcellesi lo tradujo. La jefa de las mujeres salvajes, no obstante, se rio y tiró de la correa de Mary para atraerla junto a sí.

—Dice que no tienen ninguna prisa, capitana. Quiere probar al marinero primero y que sus compañeras lo hagan también.

Anne Bonny las observó con ojos fríos.

—Dile que hay cosas que el marinero no podrá hacer. Está herido. Recibió el impacto de una bala de cañón y tiene el torso vendado. No deben retirar ese vendaje, salvo que quieran que muera de forma prematura.

Marcellesi suspiró y habló con la jefa. Esta volvió a beber de la copa. Mary se llevó la mano a la correa para aflojársela, pero estaba demasiado apretada. Le costaba respirar en aquellas condiciones.

—Serán comprensivas —dijo Marcellesi—, pero *él* debe penetrar al menos a una de ellas. No han comprado un artículo de saldo, dicen; y no es que piensen que el pene es el centro del universo, pero para otras cosas ya se bastan y se sobran. Por cierto, capitana, avíseme cuando haya que empezar a correr. Como ha quedado más que demostrado, le tengo aprecio a mi pellejo.

Anne Bonny no respondió. El alcohol comenzaba a dejar sentir sus efectos en los invitados del adornado salón. Cerca de Calicó Jack, Juan Nadie había recibido en sus brazos a una de las mujeres salvajes, que como la mayoría de mujeres que se relacionaban con los piratas, no parecía afectada en absoluto por la falta de intimidad. Desde su incómoda posición, Mary vio como se abrazaban y besaban. Nadie se inclinó y hundió el rostro entre los pechos pintados de la mujer; ella echó el rostro hacia atrás con un sonido de placer.

La jefa se levantó y tiró de la correa de Mary para ponerla en pie y arrastrarla al centro de la sala. La muchacha le sostuvo la mirada con aplomo; la mujer salvaje le quitó el tricornio, lo arrojó a un rincón y le acarició los cortos cabellos. Mary tragó saliva, pero no bajó los ojos. *Nadie viene en mi ayuda. Y, esta vez, realmente nadie.* Los piratas con los que había compartido el día a día estaban demasiado ocupados tratando de acercarse a las nativas; ni siquiera su padre había mostrado la más mínima comprensión, ocupado con los barriles de ron, las filas de muslos morenos y las lecciones de ukelele que recibía de Jimmy. El destino de Mary no les preocupaba en absoluto. Quizás incluso daban por hecho que era la suerte de toda mascota.

La mujer salvaje tiró de la correa hasta que su boca rozó la de Mary. Ella sintió el cálido y aromático aliento a hierbas y, contra su voluntad, frunció un poco los labios. Sin embargo, en el último momento, la mujer se apartó y dijo algo.

Marcellesi soltó una risotada.

—Dice que quiere ver esos bonitos labios besar los de otro hombre. Nunca ha visto a dos hombres besarse, y tiene curiosidad.

—Me ofrezco voluntario —graznó el cirujano Loch, y se puso en pie tambaleándose.

—Quieto —gruñó Calicó Jack—. A pesar de lo que digan, sigo siendo el capitán de este barco.

Se acercó a Mary con una sonrisa. Esta lo taladró con la mirada y apartó el rostro. Jack extendió los brazos, tomó a Mary por la nuca y se agachó un poco para forzarla a besarlo. Mary encontró el sabor de su saliva más desagradable que nunca, pero a la mujer salvaje parecía gustarle. Se apartó un poco para dejarlos interactuar. Jack atrajo a Mary contra sí y profundizó en el beso, hundiendo su lengua en su boca mientras la sujetaba por la espalda; su mano se deslizó hacia abajo y le acarició el trasero. Mary sintió que comenzaba a humedecerse y recordó las palabras de Jack. *Yo estaría contigo.* Por mil demonios, ¿por qué tenía que ser un… un sucio pirata?

Las mujeres salvajes se habían acercado para mirar. Por detrás, los piratas aprovechaban la ocasión. Mil Cicatrices había pegado los labios contra el cuello de una de las mulatas, que no parecía rechazarlo, ni siquiera cuando él tocó el cinturón de hojas que colgaba de sus caderas y metió la mano debajo. Otro se había acercado a la mujer de al lado y le pellizcaba los pezones. La jefa observaba a Jack y a Mary mientras se mordía los labios.

Bruscamente, Mary sintió un tirón de la correa y se arrodilló. A su alrededor había una selva de piernas morenas y pantalones de algodón. Vio que ante ella se abrían los labios de un sexo velludo y reluciente y sintió el olor de unos jugos ajenos. Alguien la empujó por la nuca y pegó su boca con rudeza contra aquel sexo. Mary se agarró a aquellos muslos, estiró el cuello y lamió la carne que se le ofrecía. Al menos, no podía decir que supiera mal.

—¡Mark! ¡Mark! ¡Mark! —jaleaban los piratas.

Cuando Mary comenzaba a disfrutar con los gemidos de su propietaria, alguien la apartó de allí y la empujó contra otro sexo femenino, de forma y olor diferentes. Mecánicamente, se acopló a él y siguió lamiendo. Esta mujer se restregaba con fuerza el botón con los dedos y los metió en la boca de Mary, que también los chupó.

Una vez más, tiraron de la correa y la arrastraron hacia un tercer sexo, este ya empapado. Mientras Mary se esforzaba por complacer a su propietaria, vio que dos manos agarraban a la nativa por las caderas y la punta de un pene colorado y ansioso le golpeó la barbilla para después retroceder e introducirse por el agujero chorreante. Mary tomó la mano del pirata —quienquiera que fuese—, entrelazó sus dedos con él y se centró en lamer el clítoris mientras el pene entraba en la vagina. Cuando ambos comenzaron a moverse de forma más rítmica, Mary se apartó para coger aire. Otra polla, esta más larga y sin circuncidar, le rozó la mejilla.

—Dice que quiere ver al marinero comerse una polla. O mejor, dos o tres. O mejor aún, todas las de la tripulación. Que no lo dejen descansar. Y que luego alguien le baje los pantalones y se lo folle bien duro. Mientras otro le da por culo al capitán.

—Marcellesi, te estás pasando.

—¿Qué pasa? Yo solo traduzco.

Una mano de color chocolate tomó a Mary por el cabello y la sujetó en posición. El pene, grueso y húmedo en la punta, le acarició los labios. Miró hacia arriba y pudo ver los ojos azules y los grandes bigotes rubios de Knotman Larsson. A su alrededor se había formado una pequeña algarabía en la que los piratas habían abandonado todo decoro y besaban, tocaban, chupaban los cuerpos de las mujeres salvajes, quienes sin conocer la vergüenza tiraban a su vez de las ropas de los hombres para arrancárselas. Mary tuvo otro vago recuerdo de su madre antes de meterse la polla de Larsson en la boca.

Todos son iguales. Lo malo era que, quizás, tanto ella como su padre estaban incluidos en la definición.

Larsson resoplaba como un animal y se movía de tal forma que Mary apenas podía chupársela. Optó por estarse quieta mientras él le follaba la boca, sujeta por la correa y la mano que la agarraba del pelo. Otra polla se incorporó y Mary la agarró con la mano para masturbarla, manteniéndola a distancia. Larsson salió de su garganta y un tercer pene le dio un cachete en el rostro, para introducirse después brutalmente en su boca. Mary sintió una arcada y tuvo ganas de vomitar, pero la mano que la sujetaba era inflexible. Sintió que la saliva se le escurría por los labios y goteaba por su barbilla. Chupó aquel miembro como su vida dependiera de ello. No necesitaba mirar: por el grosor y el color, sabía que era de Juan Nadie.

—¡Mark! ¡Mark! —seguían jadeando los piratas, febriles.

—Vais a terminar ahogando al muchacho —dijo Marcellesi—. Si esto es una competición de mamadas, reclamo el segundo puesto.

Mary sintió que alguien se agachaba a su lado y se hacía sitio para chupar una de las pollas que se agitaban cerca de ella. Su dueño intentó débilmente apartarse, pero los labios de Marcellesi atraparon el pene hasta la base y comenzaron a succionarlo con tal fuerza que las rodillas del pirata se doblaron. Mary sintió que varias personas caían a su lado y, tumbadas, continuaban con su fervor sexual, lamiendo, agarrando y tratando de inmovilizarse mutuamente contra el suelo. Juan Nadie salió de las doloridas mandíbulas de Mary y, antes de que esta pudiera acostumbrarse a la sensación, eyaculó sobre su rostro y su hombro, cubriéndolos de abundante y tibio esperma.

La jefa de las mujeres salvajes soltó el pelo de Mary y se agachó para lamerle la cara. Otra de ellas se unió y Mary probó el sabor de sus lenguas, sus labios, mientras ellas recogían la semilla del pirata de su piel. Un artillero empujó a

Mary a un lado, se arrojó sobre una de las mujeres salvajes y trató de penetrarla; ella gritó y hundió las uñas en su cabeza hasta que el pirata aulló de dolor. Mary comenzaba a perder la noción del tiempo, de lo correcto; a no distinguir entre lo horrible y lo placentero.

Tumbada sobre su espalda, vio que alguien descorchaba una botella y vertía su contenido sobre su cuerpo. Como si aquello hubiera sido una señal, otros invitados aprovecharon para verter el ron y el hidromiel de sus vasos sobre distintas partes del cuerpo de Mary y después lamerlo. Alguien más se corrió y esparció su leche en gotas sobre ella. Mary se tapó el rostro con un brazo y tosió.

Sintió que alguien la sujetaba por la cintura y que tiraban de sus pantalones hacia abajo. Por un instante pensó que todo había terminado y que las mujeres salvajes iban a descubrir su secreto, pero entonces notó que la aplastaban boca abajo y que una polla empezaba a frotarse entre sus nalgas. Por el peso y el olor del hombre sobre ella supo que era Jack. Jack, con la polla mojada del coño de otra mujer, pidiendo permiso para entrar por el agujero estrecho. Mary sintió rabia, y con ese sentimiento levantó el trasero y lo empujó con fuerza contra él. La polla se deslizó dentro unos centímetros y Mary sintió dolor.

—Oh, Mary, Mary —gimió bajito Jack Rackham en su oreja—. Siempre me has gustado. Sabía que eras pura pasión… No había más que verte…

—Y tú eres un perro traidor.

—Cada vez te pareces más a Bonn, estimada Mary. La fidelidad es una cadena. Haz lo que quieras —susurró Jack, mientras empujaba suave pero firmemente.

Mary se mordió el labio, frunció el ceño y dejó escapar un gemido cuando Jack terminó de entrar en ella. Al instante, sintió otra polla que rellenaba su boca y crecía contra su paladar. Miró hacia arriba y vio borrosamente a Marcellesi, que enarcó las cejas. Chorreando sudor y restos de alcohol,

Mary comenzó a mover la boca arriba y abajo del miembro. Por encima de ella, Marcellesi se estiró y la muchacha supo —si bien no lo vio— que estaba besando a Jack, rozando su barba canosa contra la barba morena, deslizando la lengua por la puntiaguda nuez. Se tensó y abrió un poco más las nalgas. Estaba tan húmeda que suponía que habría manchado los pantalones, aunque sería complicado distinguirlo del resto de líquidos con los que la habían rociado.

Jack la embestía ahora con fuerza y se demoraba en la parte final, tomándose su tiempo para que Mary pudiera sentir toda la longitud de su pene dentro de ella, el roce del vello de su pubis, la caricia de sus testículos contra los pliegues de su coño. Jadeaba contra la boca de Marcellesi y resollaba el marinero a su vez, tanto que incluso Mary se encontró gimiendo ahogadamente contra el pene de este último. Chupó con más ansia y Marcellesi se sacudió; rozó la lengua contra la punta y escuchó un mugido sobre ella que se convirtió en un chorro caliente que le llenaba la boca, la garganta. Mary continuó chupando más despacio mientras el pene se encogía poco a poco, se ablandaba entre la saliva y el semen, satisfecho, agotado. Finalmente resbaló fuera de su boca.

Sintió que Jack se apretaba contra su cuerpo y la cogía con fuerza por las nalgas. Una de sus largas manos se deslizó discretamente bajo su pantalón y la tocó en el botón resbaladizo e hinchado. Mary soltó un grito ahogado y se movió debajo de él; Jack la acarició sin dejar de penetrarla. Mary se removió, juró, suplicó; habría dado todo cuanto poseía, que no era mucho, por poder descubrir su sexo y dejarse follar por donde tanto lo deseaba; pero Jack no se lo permitió, y Mary apretó las nalgas con fuerza y se removió en su polla hasta que sintió que el pirata estaba duro y tenso dentro de ella. Solo entonces se dejó ir, con un gemido que resonó por entre las paredes revestidas de madera del salón y que sonaba más animal que humano, ni femenino ni masculino. Jack embistió con fuerza, la empaló con su pene y levantó unos centímetros sus rodillas del suelo con su empuje mientras se vaciaba dentro de su ano.

Por unos instantes Mary no vio nada. Estaba cubierta de sudor, empapada de semen y ron, demasiado agotada como para moverse. A su alrededor, los cuerpos seguían follando, algunos todavía enfebrecidos de pasión y alcohol, otros ya mostrando signos de cansancio. Vio que Larsson tenía su pene en la boca de una de las mujeres salvajes, mientras que otra, tumbada de lado entre sus piernas, le lamía los testículos. Notó que Jack salía de ella poco a poco y se apartaba para acariciar otro cuerpo desnudo.

De repente, la correa se tensó.

Mary gimió y se esforzó por acudir a donde se la llamaba. Gateó hasta el origen de la correa y vio allí a la jefa de las mujeres salvajes, tumbada sobre varios cojines y con las piernas abiertas, tirando para atraerla hacia ella.

Entre sus muslos había una larga melena pelirroja.

Anne Bonny levantó la cabeza y miró a Mary apenas un segundo para volver inmediatamente a su tarea. Estaba aún vestida de la cabeza a los pies —quizás porque nadie se había atrevido a desnudarla— y lamía a la mujer salvaje con fruición, con movimientos circulares y apasionados, como Mary sabía que eran suficientes para volver a una mujer loca.

Mary clavó las rodillas en el suelo; no quería acercarse más. Sin embargo, la correa tiró de su cuello hasta colocarla casi a la misma altura, y la mujer salvaje dio una orden.

La capitana se apartó, mordisqueando el botón y el camino que llevaba del pubis al ombligo. Se desabrochó el pantalón y se lo quitó de un tirón. Mary la reemplazó. Tenía la lengua reseca y la mandíbula cansada, pero la jefa se movía debajo de ella y el hueso de su pubis golpeó contra sus dientes. Mary la mordió, despacio, y la mujer soltó un grito ahogado. La penetró con la lengua, bebiendo y tragando sus jugos. La mujer se derramaba a chorros contra sus labios. Levantó las piernas hasta colocar los pies sobre los hombros de Mary; ella la sujetó por las nalgas con las palmas de las manos y bajó hasta aplicar la boca contra el ano, pequeño y cálido. El agujero palpitaba, se estremecía con la caricia de su lengua y sus labios.

—Mark —dijo Anne Bonny, que se había sentado a horcajadas sobre el pecho de la mujer salvaje, mirando a Mary—. Tienes que cumplir tu parte. Acércate ahora.

Mary no le hizo caso.

Anne se estiró y arrebató la correa de manos de la mujer salvaje. De un fuerte tirón, apartó a Mary de lo que estaba haciendo y la obligó a mirarla. Esta clavó los ojos en los suyos con odio. *Te detesto.* La capitana la atrajo hacia sí lentamente. *Podrás forzarme, humillarme, pero no volveré a confiar en ti,* pensó Mary.

Anne Bonny la besó y mordió con fuerza su labio inferior. Mary apretó los dientes para no gritar. Sabía que le había hecho sangre, podía sentir su sabor en la boca. No le daría el gusto de reaccionar. La capitana clavó sus uñas en su espalda y Mary apenas se estremeció. Después introdujo la mano bajo los pantalones de Mary y forzó sus dedos dentro de ella. Mary permaneció quieta, impasible casi, con los ojos cerrados.

Entonces notó algo duro en su vagina.

La capitana sacó los dedos. Volvió a besarla, esta vez con más calma, mientras colocaba mejor el objeto que había introducido allí dentro. Mary abrió los ojos. Vio que Anne Bonny la contemplaba con la calidez que reservaba solo para ella; extendió la otra mano y acarició suavemente su mejilla, mientras le guiñaba un ojo. Mary movió un poco las caderas.

Conocía aquel objeto.

A esas alturas, la capitana lo había usado con ella innumerables veces. Cada día le gustaba más. Estaba tan bien hecho que no se movía ni se desprendía en todo el tiempo que pasaban haciendo el amor. Anne Bonny se colocaba el extremo grueso dentro de ella y Mary se dejaba follar por el otro, que tenía la forma y longitud de un pene normal. Podían pasarse así horas, apenas moviéndose y jadeando, a veces con la colaboración o las caricias de Jack, hasta que el sol reemplazaba a las estrellas en el cielo.

Mary contempló a la capitana durante largo tiempo. Su mano se movía ahora por el falso pene, arriba y abajo, como si la estuviera masturbando. Después volvió la vista hacia abajo, donde la jefa de las mujeres salvajes aguardaba expectante.

Mary se apartó un poco y se colocó entre las piernas de la mujer. Ella dijo algo y movió las caderas. Mary entendió. Miró a Anne Bonny, que sonreía, y cuando esta hizo un leve gesto de asentimiento, se bajó el pantalón y descubrió apenas el falso pene, que condujo inmediatamente con la mano hasta la entrada chorreante de la mujer salvaje.

Cuando la penetró, la mujer se agitó bajo su cuerpo y Mary sintió la resistencia de su vagina en la parte del objeto que estaba dentro de ella. Con sus últimas fuerzas, la sujetó por las caderas y comenzó a follarla sin soltar el pene de caucho. Cada movimiento retumbaba dentro de sí y la excitaba más; pero lo mejor no era aquello, sino los verdes ojos de la capitana sobre ella mientras se movía dentro y fuera. Anne Bonny se había sentado sobre el rostro de la mujer y le pellizcaba los generosos pechos con las manos, sin desviar la vista de Mary. Esta sintió que le daba un vuelco el corazón cuando los rojos labios de la capitana formaron silenciosamente las palabras: *te quiero*, justo antes de que la mujer salvaje la paladeara con fuerza, Anne Bonny echara la cabeza hacia atrás y jadease en un orgasmo furioso.

La vista de su éxtasis fue suficiente para que Mary enloqueciera. Sintió que algo explotaba en su interior y apretaba en oleadas el objeto que le daba placer. Embistió a la mujer salvaje rápidamente y escuchó sus gritos, cada vez más arrebatados, hasta que ella sucumbió también a la sensación y Mary tuvo la sensación de ser tragada por una vagina sin límite que pedía más y más, hasta que por fin se calmó y pudo salir de dentro de ella.

Se guardó el falso pene en los pantalones y rodó sobre un costado, jadeando. La mujer negra emitía pequeñas exclamaciones y finalmente se echó a reír. Mary la acompañó. Sentía que se había desatado un nudo en su interior y que, de pronto, la vida volvía a merecer la pena. Desde su posición, Anne Bonny se deslizó hasta el suelo, apoyó el rostro sobre el torso de un pirata y sonrió, con el rostro perlado de sudor.

La mayoría de cuerpos yacían ahora unos sobre otros, con las fuerzas casi agotadas. Mary se giró para ver a quién tenía tumbado al lado… y se echó bruscamente hacia atrás.

—¿Papá?

—¿M-Mary?

El científico miró a su hija azorado. Tomó una prenda del suelo y se cubrió con ella las partes pudendas, que todavía mostraban una media erección. Mary abrió la boca y fue a decir algo, pero lo pensó mejor. Ambos se quedaron mirándose durante largo rato, sudorosos y sonrojados hasta las orejas.

—¿Sabes qué? —dijo al fin Marcus Read—. Mejor borremos esta noche de nuestra memoria. Nos olvidamos, y listo. No hablaremos nunca de ella.

Mary se limpió el sudor de la frente.

—No hablaré de ella contigo —prometió—, pero no pienso olvidarla mientras viva.

26

John Barnet nadaba a grandes brazadas al abrigo de la oscuridad, alejándose de la costa. El mar estaba picado y las olas se levantaban cada vez más, con lo que se veía obligado a sortearlas por debajo. En breve pasaría el punto de no retorno. Si seguía nadando, se adentraría en alta mar y las corrientes harían imposible regresar a la isla. Por no mencionar que, en cualquier momento, sus pies podían ser pasto de alguna barracuda o un marrajo despistado.

Ante él se hallaba el barco de la bandera negra, mecido por las olas. No había luz alguna en su cubierta salvo una antorcha que ya flaqueaba, y la mayoría de ojos de buey estaban también a oscuras. Solo el salón de popa permanecía iluminado; de él brotaban voces y risas. Bajo esa luz se colocó Barnet, que se agarró a la cadena del ancla para evitar que la fuerza de las olas se lo llevase.

Se cercioró de que la cadena estuviera bien enganchada y puso un pie en ella. Poco a poco, comenzó a trepar. El ascenso se fue haciendo más fácil a medida que dejaba atrás la parte cubierta de algas y percebes y podía apoyar los pies contra el hierro seco. Finalmente alcanzó la borda del barco y, de un salto, se dejó caer dentro.

Rita lo esperaba ya sentada sobre uno de los aparejos de cubierta. A la luz de la luna, Barnet vio que se arreglaba las uñas con una lima de metal. Al verlo llegar se incorporó, se guardó la lima en el escote y estiró la parte baja de la espalda con una mueca, agitando el rabo sedoso del traje de flecos de terciopelo.

—Estoy un poco escocida —dijo, rozándolo apenas con los labios—. Espero que me disculpes.

—¿Ha ido todo como imaginabas?

—Demasiado. Están todos borrachos como cubas. Y de las isleñas para qué hablar: se diría que no han probado una gota de nada más que agua en años. Entre todos han acabado con las reservas de todo el viaje.

Barnet esbozó una media sonrisa.

—Ya no las van a necesitar —dijo—. Llévame.

Rita tomó la titilante antorcha de cubierta y lo condujo en silencio por el barco. El exalmirante veía su figura iluminada delante de él en el estrecho pasillo, y la tensión lo invadía mientras trataba de no hacer ruido.

Bajaron por una escala y John Barnet sintió la luz y el calor que venían del salón de popa, donde se hallaban todos los piratas. La situación no podía ser mejor. Escudriñó desde la esquina del pasillo y vio a un pirata y una nativa enfrascados en un apasionado magreo frente a la puerta. Más que magreo: aquello era sexo en toda regla. El sexo del hombre se introducía a golpes en el coño de la mujer mientras se mordían, se besaban y se lamían de pie contra la pared. Cambiaban de postura continuamente, demasiado borrachos para mantener la penetración y demasiado excitados para soltarse.

—Venga, no te detengas —escuchó la sibilante voz de Rita junto a él.

—¿Llevan todo el rato así?

Barnet vio a la pareja tropezar y caer sobre el suelo del pasillo; la nativa levantó las piernas y las enredó en el cuello del hombre, que hundió la boca en su sexo. Oyeron una tanda de sorbetones y lametazos mezclados con los gemidos de la mujer.

—¿Te sorprende? —susurró Rita—. Yo he tenido que lidiar con tres a la vez. No es que me queje, pero a estas alturas ya nos conocemos todos mucho, y una tiene la impresión de que se aprovechan un poco. Pero ven de una vez.

Una mano suave le tiró del brazo. Barnet se esforzó por apartar la vista de la escena y caminó a trompicones detrás de las caderas cimbreantes de Rita. Rita era taimada. Rita era sensual. Rita sabía lo que se hacía. Descendieron algunos niveles más, hasta un pasillo que estaba oscuro como el mar en una noche sin luna.

—Es aquí.

Rita le señaló una puerta de madera. Barnet probó a empujarla y, al ver que no cedía, se echó hacia atrás y lanzó el hombro contra ella. La puerta se abrió y golpeó la pared con un *bang*.

Entró. Rita le alargó la antorcha y él la levantó para ver. Un escalofrío le recorrió la espalda. Frente a él se hallaban todos los barriles de pólvora del barco, puestos en fila. El polvorín estaba presidido por el cuadro de una señora con un halo que miraba hacia arriba con aspecto de tener un orgasmo.

Le hizo un gesto de asentimiento a Rita y esta rebuscó en su falda. Tomó uno de los largos flecos y lo desprendió de su traje con un par de vueltas; Barnet pudo ver que se trataba de una mecha ya preparada.

Barnet colgó la antorcha de un gancho y, entre los dos, colocaron la mecha de forma que pasase por el mayor número de barriles. En cuclillas, terminaron de rodear el último. Rita tomó el extremo final de la mecha y lo miró con las pupilas agrandadas.

—Enciéndela.

El fuego dibujaba sombras sobre su cuerpo. Barnet miró fijamente aquellos ojos excitados, se inclinó hacia adelante y cubrió los labios de ella con su boca. Lo que comenzó como un simple beso pronto se convirtió en algo más, y de repente Barnet se encontró con las manos en torno al cuello de Rita, la lengua en su boca y una erección y una mecha entre ambos.

—No, no —protestó la mujer—. Luego, todo esto luego, ¿sí?

Barnet rebuscó entre lo que quedaba de la falda, la tocó entre las piernas y la empujó contra el suelo. Rita no soltó la mecha.

—Podemos hacerlo muy rápido —sugirió él.

—Suéltame inmediatamente, tú. ¿Qué te has creído? ¡Ay, Dios! Hacía tanto tiempo que no me tocaban así. Te juro que ninguno de estos piratas tiene la más mínima idea. —Rita se restregó contra Barnet—. Pero no, no, no puedo. Él y yo lo tenemos muy claro: «de cintura para abajo, eres mía», me dijo cuando me raptó. De eso hace ya mucho tiempo, pero yo lo he respetado; de cintura para arriba he hecho lo que he querido, pero el resto lo he respetado…

Barnet le ensalivaba la mejilla, el cuello, el hueco entre los pechos. La sujetaba mientras ella se retorcía como una anguila. Notó que lo agarraba de los huevos y le apretó la mano contra ellos. Rita jadeaba bajo él y se removía contra su bragueta, pero mantenía las piernas cerradas.

—Lo respetas —gruñó Barnet—, pero luego te dejas follar por su tripulación entera.

—No, no, no. No lo entiendes. —Rita hizo una mueca que tanto podía ser de dolor como de placer—. Solo si él quiere, y solo cuando yo quiero. Pero yo quiero lo que él quiere y él nunca quiere nada que yo no quiero. Había tantos cuando él apareció, ¿sabes? Viejos, jóvenes… que me ofrecían la luna. Pero él nunca me prometió nada; vivía el momento, y por eso me enamoré hasta las cejas de él…

—Tu lógica tiene un pequeño fallo —dijo Barnet, que solo deseaba que Rita cerrase el pico—. Lo estás traicionando.

—Sí, porque… —murmuró Rita, mordiéndole el lóbulo de la oreja—. Porque no me importa que haya otras: esclavas dispuestas a satisfacer sus deseos, dulces nativas de islas salvajes, esposas aburridas de funcionarios…, vírgenes sorprendidas en un paseo por el puerto… De esas yo soy la reina, ¿comprendes, chico? Pero entonces llegó *ella*. Comenzó a dar órdenes, y a él le encantaba. La llamaba capitana y se arrastraba para lamerle las malditas botas. Y ella se vestía como él, y votaba en el consejo como uno más, y gobernaba el barco, y eso… las mujeres con tricornio… ¡eso es algo que no soporto!

—En eso estamos de acuerdo —dijo él.

Barnet metió los dedos por debajo del collar de Rita y tiró hacia los lados. Rita dejó escapar un sonido gutural, se estiró y se llevó las manos al cuello. Por un momento Barnet pensó que iba a ahogarla; por un momento *quiso* hacerlo; pero entonces se oyó un chasquido y el collar se partió en dos. Rita abrió inmediatamente las piernas.

—¡Fóllame! —gritó—. ¡Fóllame ahora!

Barnet se bajó rápidamente los pantalones. Apartó lo que quedaba de la falda y se dispuso a atacar el vértice de aquella uve que se abría ante él. Se colocó en posición y Rita le puso las piernas sobre los hombros mientras se retorcía contra el suelo. La punta de su pene rozó la entrada del sexo de Rita y ella soltó un gritito.

De pronto oyeron pasos.

—¿Rita? —preguntó una voz.

Barnet y Rita se quedaron congelados. El marinero miró a la puerta con ojos de fiera enjaulada y, sin hacer ruido, se levantó y se escondió detrás de dos barriles de pólvora. Rita no se movió. Apenas se desplazó, jadeando, para colocar su trasero encima de la mecha.

En la puerta apareció lo que parecía un grumete muy joven y bello, de facciones armoniosas y pelo acastañado, que le caía en mechones empapados sobre la frente. Aunque se movía con gracilidad, parecía demacrado y agotado.

—He oído ruidos y gritos, ¿estás bien?

—Perfectamente —respondió Rita con voz ronca—. Mark, mi amor, ¿nunca te han dicho que hay que llamar antes de entrar donde están los mayores?

El llamado Mark echó un vistazo a la puerta abombada. Barnet vio que entraba en la bodega. Mientras tanto, Rita había sacado de nuevo su lima de uñas y se puso a limárselas furiosamente.

—Deberíamos hablar —dijo Mark—. Te aseguro que nunca he pretendido meterme en tu terreno.

—¡Ahora con esas! —Rita soltó una carcajada—. No, cariño, ya es demasiado tarde. Aunque te cueste creerlo, esto viene de mucho antes de que tú aparecieras. Y ahora, ¿quieres hacer el favor de largarte y dejarme en paz?

Mark se giró para obedecer, pero algo le hizo dudar. Echó un vistazo alrededor y luego volvió a mirar a Rita.

—¿Qué es este sitio realmente? —preguntó.

—Es donde los truhanes como tú se reúnen para arrodillarse ante Santa Bárbara e imaginársela desnuda un rato antes de morir.

—Esos barriles están llenos de pólvora, ¿no es así? ¿Qué haces sentada en mitad de un polvorín?

Barnet supo que no podía esperar más. Salió de su escondite y lanzó su puño en dirección a la cabeza del marinero. Sorprendido, este no tuvo tiempo de apartarse; le acertó de lleno en la sien y cayó al suelo. Rita se levantó como un resorte.

—Tenemos que salir de aquí —siseó él.

Tomó la antorcha encendida y la arrojó junto al muchacho inconsciente. Agarró a Rita de la mano y, tras tirar con todas sus fuerzas de la pesada puerta para cerrarla, subieron por la escala a toda prisa.

27

Jack oyó el golpe de la puerta como en sueños. Se incorporó poco a poco y apartó suavemente de su entrepierna a una de las mujeres salvajes, que se había quedado dormida. Tanteando entre cuerpos desnudos y charcos pegajosos de licor, buscó sus pantalones coloridos. No los encontró y tuvo que contentarse con una vieja prenda gris que le estaba pequeña.

—¿Bonn? —preguntó. Su lengua parecía de trapo—. ¿Dónde estás, cariño?

—Aquí —respondió ella desde el otro extremo del salón.

Jack se acercó tambaleándose, con el torso desnudo. Su pareja se hallaba de pie junto a la jefa de las mujeres salvajes, ya vestida, despejada y con el tricornio sobre la cabeza. Jack gruñó y se frotó los ojos. Aunque la resistencia al alcohol de su querida ya era llamativa cuando la conoció, en los últimos años se había perfeccionado hasta convertirse en legendaria.

—Hemos cerrado el trato. Pon esto a buen recaudo. —Anne Bonny le entregó un cofre lacado—. ¿Dónde está Mary?

Jack lo tomó y se encogió de hombros, fastidiado.

—¿Qué sé yo? Además, no es nuestro problema ahora. Deberías más bien pensar en cómo vamos a sobrevivir sin alcohol para lo que reste de viaje. Como poco, me huelo otra moción de censura.

La capitana se acercó a él y le habló al oído.

—Ve a buscarla —ordenó—. Debemos tenerla localizada en todo momento.

—¿Para qué?

—¿Cómo que para qué? No pretenderías dejarla aquí de verdad, ¿no? En cuanto podamos, la recuperamos y levamos anclas. Con la borrachera que llevan, seguro que tardan en reaccionar.

Jack puso los ojos en blanco y resopló.

—Debí haberme imaginado que esto era otro de tus maravillosos planes. Cariño, no se puede tener todo y ahora no tengo el cuerpo para fiestas. Voto por olvidarnos de líos y zarpar cuanto antes. Por cierto, huelo a quemado: ¿tú no?

Anne lo miró como si fuera la primera vez que lo veía. En su rostro se pintaba una mezcla de ira y decepción.

—¿Realmente quieres abandonarla? —dijo.

—¿Realmente quieres arriesgarlo todo por una muchacha inexperta? —El capitán hizo una mueca.

—Temes que la prefiera a ella antes que a ti.

—Oh, ya lo haces, rosa de pitiminí. Sobre eso no tengo la más mínima duda. Muy bien, no me meteré. Vístela con mis galones si eso te hace feliz. Arrullaos cada noche solas en vuestro camarote. Cubre sus pechos pecosos de diamantes, cuéntale tus mayores secretos y suplícale que te llame por tu nombre, pero yo me llevo esto.

La capitana fue a contestar, pero Calicó Jack se dio la vuelta. Por detrás de él escuchó la voz colérica de la pelirroja:

—¡Jack! Nadie me vuelve la espalda, ¿te enteras? ¡Nadie!

—Por supuesto, dulzura —murmuró él, mientras sorteaba brazos y piernas para salir de la estancia.

Apenas puso un pie en el pasillo, escuchó otra voz que lo llamaba:

—¡Capitán! ¡Capitán!

Jack Rackham miró sorprendido hacia arriba. Vio el rostro de Rita en cubierta, haciéndole gestos con desesperación desde la escotilla.

—Perrita mía, ¿qué ocurre? Estoy ocupado, y agotado.

—Mi capitán, venid aquí inmediatamente, os lo ruego. Tengo un terrible problema.

—¿Se te ha vuelto a quedar atascado el traje?

—No —se enfadó Rita—. Subid aquí y os lo explicaré.

Jack suspiró, sostuvo el cofre con una mano y se alzó por los peldaños de la escala. Salió fuera y buscó con la mirada a su mascota. Al instante vio como una hoja afilada se dirigía hacia su garganta; tuvo el tiempo justo para soltar el cofre y rodar por el suelo de cubierta. Se protegió detrás de una barrica de agua. El sable de su atacante se hundió en la barrica, que vomitó sus contenidos mientras, a su lado, los doblones de oro de las mujeres salvajes saltaban y rodaban por las maderas del barco.

—Puedes huir —dijo una voz grave—, pero no esconderte.

Jack gateó a toda prisa hasta un aparejo. El sable volvió a clavarse cerca de él. Buscó una salida medio a tientas, pero resbaló con una de las monedas y cayó. Aterrorizado, vio que la espada se alzaba sobre él…

… hasta que un sable conocido se interpuso.

Los aceros chocaron con un sonido atronador y sus respectivos dueños se miraron con sorpresa. Desde el suelo, Jack Rackham vio a la capitana contemplando con rabia y horror al hombre que tenía delante. Conocía bien su cabello rubio, su fuerte mandíbula, sus casi dos metros de estatura.

Jack aprovechó para parapetarse detrás de uno de los palos de la nave.

—Sabía que eras tú —dijo Anne Bonny.

—Bonn —respondió el hombre—, no te metas en esto.

—¿Cómo que no me meta? La última vez te dejé bien claros mis sentimientos, y sigues persiguiéndome por todo el Caribe para montarme números. Si quieres matar a ese hombre, tendrás que vértelas primero conmigo.

—Yo te quería —dijo él.

—¡Y yo también!

—Lo dejaste todo para irte con él. Me abandonaste.

Anne Bonny resopló.

—Te abandoné por un pirata tramposo y ruin, sí; ¿y qué? Aun si él no hubiera pasado por allí, te habría dejado igualmente. Tú y yo éramos demasiado distintos, John. En el fondo, tú eres de casa y caballo y yo de mares y aventuras.

—Eras mi mujer —rugió John Barnet—. Y, legalmente, lo sigues siendo. Cuando le arranque la cabeza a ese mequetrefe, exigiré que regreses a mi lado.

—Me temo que llegas un poco tarde —se burló la capitana—. No reconozco más autoridad que la de este barco.

Jack llevaba un tiempo deseando hablar, pero en ese momento se oyó un grito desgarrado que provenía de las bodegas. El humo y el olor a quemado invadieron la cubierta. Rita se metió en la conversación:

—Pues este maldito barco va a saltar por los aires de un momento a otro, y esa muchacha vuestra va a ser la primera en reventar con él.

28

Mary sentía calor.

Para ser más exactos, sudaba a chorros. Estaba tumbada sobre su espalda y sentía la piel ardiendo, como si llevara varias horas tomando el sol en la playa de la isla. Tenía la sensación de que debía levantarse, pero un agradable vértigo en su interior, parecido al efecto del alcohol, le impedía hacerlo.

Llevaba demasiada ropa y eso era un problema. Trató de abrirse la camisa, pero sus dedos no la obedecían. Volvió a caer en una ensoñación en la que oía tambores en la lejanía y una sombra se cernía sobre ella. Se trataba de un hombre monumental, de amplios pectorales y brazos largos y gruesos, parecido a aquel que había creído ver hace poco durante un instante. Pero este hombre era distinto. Era moreno y tenía el cuerpo totalmente cubierto de pelo.

Los ojos de Mary se desviaron de su rostro colmilludo a su pene erecto. Comenzó a jadear. Eran más de veinte centímetros de una verga negra, dura y carnosa, ligeramente curvada, que acarició su cuerpo antes de apretarse contra su sexo.

Oyó el lejano crepitar del fuego y el sonido de los tambores se hizo más fuerte. Tuvo la sensación de que muchas manos la sujetaban para abrirle las piernas. *Son las mujeres salvajes*, pensó. *Me han abandonado a su merced...* Ellas tiraban de sus muslos hasta el dolor, le sujetaban brazos y piernas, la asfixiaban con el peso de sus cuerpos.

El hombre mono se tumbó sobre ella, aplastándola con su peso. Mary sintió la inmensa polla abriéndose camino entre sus piernas y creyó que no podría resistirlo. El calor, el sudor, la sensación de quemarse y de ahogarse, eran insoportables.

De pronto, sintió el susurro de una voz como una brisa sobre su frente.

—Mary Read, no hay duda de que el peligro te excita.

Era la capitana, pero se oía muy lejana y amortiguada. Trató de mirarla, pero le resultó imposible bajo aquella masa de cuerpos.

—Cuando salgamos de esta —continuó la voz Anne Bonny, cerca y lejos a la vez—, pienso castigarte hasta que me supliques clemencia. Voy a convertir tus fantasías más salvajes en realidades sin fin, para mi placer... y el tuyo. Voy a hacer que te desmayes de placer, y luego te reanimaré para seguir follándote. Vas a desear no haberme dado nunca acceso a tus sueños.

Mary fue a contestar, pero la polla se había introducido en ella hasta el fondo. No cabía más y, aun así, el gigantesco hombre mono seguía empujando. Mary cerró los ojos con fuerza; se sentía llena, perforada de placer, a punto de estallar.

Echó la cabeza hacia atrás y dejó escapar un grito animal. Fue tan real que abrió los ojos. Al principio lo vio todo borroso; después comenzó a distinguir las siluetas de los barriles, las llamas de color naranja...

¿Llamas?

Mary se sentó y notó un punzante dolor en la sien. ¡Llamas! Aquella maldita bodega estaba ardiendo.

Se puso en pie como pudo y, tosiendo, buscó a tientas la puerta. La encontró encallada. Solo entonces fue consciente de que las llamas habían alcanzado su camisa: de un tirón, se despojó de ella y se arrancó los imperdibles que sujetaban el vendaje de sus senos. Arrojó las vendas al suelo y las pisó, pero el fuego seguía avanzando.

—¡Socorro! —gritó, apretándose contra la pared—. ¡Capitana! ¡Capitán! ¡Rita! ¡Nadie!

29

—¿Mary está allí abajo? —rugió Anne Bonny.

Calicó Jack se mantuvo detrás del mástil. Sabía que su amante era peligrosa cuando estaba al borde de un ataque de nervios. Claro que su antiguo marido tampoco se andaba con chiquitas, por lo que era mejor no colocarse demasiado cerca de ninguno.

—Amigos, creo que el sentido común se impone —se le ocurrió decir—. Fumemos la pipa de la paz y dirijámonos ordenadamente a la chalupa de salvamento, en la cual, por cierto, sigo teniendo preferencia.

—¡Y un cuerno! —dijo Anne.

Antes de que Jack pudiera detenerla, corrió hasta la escotilla de donde salía el humo y se arrojó por ella. El capitán suspiró y miró a los ojos de John Barnet, que relucían en un rostro de muy pocos amigos. El cielo nocturno clareaba; estaba próximo el amanecer.

—No hay nada como una mujer enérgica e impulsiva —le dijo.

—Y de afectos cambiantes —corroboró John Barnet.

—Podría pensarse que sí, pero es uno de sus encantos. Mira, ¿por qué no intentamos llevarnos bien tú y yo? Después de todo, tenemos bastantes cosas en com...

Jack se apartó justo a tiempo. La espada pasó con un sonido silbante junto a su cuello. Echó a correr por la cubierta y dio una patada a un barril; este rodó y golpeó a Barnet en la espinilla.

—¡Mierda! —gritó el antiguo almirante, que comenzó a dar saltos de dolor.

Jack aprovechó para arrojarse sobre los contenidos del barril. Sabía que había armas camufladas entre montones de harina. Sin embargo, no encontró los sables ni las pistolas que buscaba; todo con lo que se toparon sus manos fue un triste espadín, apenas más largo que una daga y desde luego bastante poco resistente.

Barnet se cernía sobre él otra vez. Jack miró hacia arriba, dio un salto para alcanzar una de las cuerdas de sujeción de la vela mayor y comenzó a trepar por sus redes como un mono. Entre resoplidos, Barnet lo siguió como un gorila, por el lado opuesto del palo.

—Hacia arriba no hay salida alguna —tronó—. No sé si te has percatado.

Jack no le hizo caso. Alcanzó el mástil horizontal y caminó por él. Buscó con la mirada dónde apoyar las manos. Sobre su cabeza se encontraba la cofa del vigía; desde aquella altura podía divisar buena parte del barco y el humo que salía por la escotilla de proa.

John Barnet puso un pie en la percha y apuntó a Jack con el sable. El pirata se defendió con el espadín. Cruzaron los aceros unas cuantas veces; Jack se sujetó a una de las cuerdas del mástil y avanzó por ella en dirección al palo de mesana. Barnet lo siguió... pero la maltratada cuerda se rompió bajo su peso.

—Mierda —barruntó apenas por segunda vez, antes de darse un tremendo topetazo con la frente contra el palo.

Jack se adelantó para cortar el trozo de cuerda al que todavía se aferraba Barnet, pero este se agarró al palo central, todavía mareado. Jack le dio una coz; Barnet lo agarró del tobillo y el pirata permaneció aleteando en el aire unos segundos, hasta que Barnet lo dejó caer. Con un sonido ahogado, Jack Rackham chocó contra la vela, la rasgó y siguió cayendo envuelto en ella hasta aterrizar con un ruido de sábanas en cubierta.

—No vas a escapar —dijo John Barnet, que se arrojó tras él, sable en mano. Cayó en un gurruño de tela blanda y pesada—. ¿Dónde estás?

Vio un bulto que corría por delante y fue tras él. Se tropezó y se enredó con la vela hasta caer encima del bulto y rodar junto a él como si ambos fueran uno. Ensartó varios lugares con el sable, pero de ninguno salió sangre. Desesperado, probó a golpear con la palma de la mano abierta, hasta que oyó un chillido muy agudo.

—¿Rita?

—¿Quieres dejar de zurrarme? ¡Eso es mi culo, salvaje! ¡Largo! ¡Fuera los dos de encima ahora mismo o, o, o…!

—¿Está él contigo? —bramó Barnet.

—¡No! —respondió la voz de Jack.

—¡Muéstrate, cobarde! —dijo Barnet, que siguió buscando infructuosamente.

—¡Cucú! —dijo Jack, emergiendo por un instante entre la tela para volver a zambullirse en el enredo.

Barnet creyó haber agarrado el muslo del pirata y le dio un pellizco retorcido; sin embargo, una mano de mujer emergió de entre las sábanas y le propinó una bofetada. Mientras trataba de volver a fijar la vista, observó una bola negra que se dirigía hacia él y luchó por salir de debajo de la vela. Se apartó justo a tiempo de que la bala de cañón pasara rodando por su lado… y sobre uno de sus pies.

—¡Mieeeeerda! —bramó.

Vio que Jack huía hacia popa y desataba las cuerdas de la barca de salvamento. Se agarró el pie y trató de llegar hasta allí cojeando, entre gritos de rabia.

—¡Esto no es una pelea seria! ¡Ven aquí y lucha como un hombre! Voy a destriparte y a sacarte los intestinos con cuchara, ¡perro!

Jack se dejó caer en el interior de la chalupa. Echó un vistazo a la cubierta del barco, donde solo vio a varios piratas borrachos y confusos… y a Rita, con los ojos desencajados y el pelo alborotado, que parecía no saber adónde se dirigía.

Extendió la mano y la mujer se aferró a ella.

—Deprisa, preciosa —la urgió—. Toma asiento, que nos largamos.

—¡Oh! —suspiró Rita, mientras entraba en la chalupa y lo abrazaba—. Capitán, siempre habéis sido demasiado confiado.

Sacó la lima de uñas. Antes de que Jack supiera lo que ocurría, se la clavó.

30

Anne Bonny descendía a lo más profundo del barco, pero el camino se hallaba taponado. Los piratas habían comenzado a sentir el humo y el fuego y correteaban de acá para allá como gallinas asustadas.

—¡Capitana! —Mil Cicatrices se cuadró en postura militar—. ¿Qué es lo que ocurre?

—Nos vamos a pique —contestó Anne Bonny—. ¡Fuera todos del barco, por cien mil tiburones! ¡Largo, sálvese quien pueda!

—Me lo temía —dijo Marcellesi, que apartó al pirata de un empujón y echó a correr hacia cubierta—. Los viejos primero.

En el gallinero hubo una desbandada. Los piratas se golpeaban y pisoteaban, luchando por ser los primeros en subir la escala. La capitana escuchó un grito de guerra: las mujeres salvajes también se habían despertado. A codazos, se abrió paso entre los cuerpos y por fin consiguió llegar al nivel inferior. Allí el humo comenzaba a ser insoportable.

—¡Mary! —gritó, pero nadie contestó.

Llegó al polvorín y golpeó la puerta, pero no logró abrirla. Se echó hacia atrás y le dio una patada; el metal cedió y una ola de calor le golpeó la cara. Entró en la estancia en llamas, buscando con la mirada.

—¿Mary?

Una tos llegó del otro lado del polvorín.

—¡Ayúdame!

Sorteó el fuego y los barriles para llegar a la figura medio desnuda que, cubierta de humo y cenizas, tiraba del ojo de buey. Entendió al instante lo que pretendía. Introdujo el filo del sable en la ranura e hizo palanca. Mientras tanto, la imagen de Santa Bárbara en éxtasis se consumía en las llamas.

31

—Perrita mía —murmuró Jack, que se agarraba el costado—. ¿Por qué has hecho eso, a mí, que te aprecio tanto?

Recostado en la proa de la chalupa, miraba a Rita con incredulidad mientras la sangre bañaba sus manos. Rita no contestó. La claridad del amanecer y el resplandor del fuego del *Vanidoso* se recortaban contra su silueta. Desvió la vista mientras John Barnet saltaba a la barca, resollando como un caballo, y levantaba la espada para apuntar al cuello del pirata.

—Es el fin, Rackham. Y ahora...

—¡Un momento! —dijo alguien.

Jack vio un par de zapatos negros y unas calzas viejas que saltaban al interior de la chalupa con una agilidad impropia de su edad. Era Marcellesi, que alzó el sable contra Barnet. En aquel instante, Jack habría vuelto a besarlo una y mil veces.

—Disculpadme, capitán de las sardinas —dijo Marcellesi—, pero si en esta cáscara de nuez merece salvarse alguien, ese soy yo. Sé que no me tenéis mucha simpatía, pero os veréis obligados a llevarme conmigo.

—Eso lo veremos. —Barnet se preparó para el combate.

—Claro que sí.

Marcellesi hizo una elegante finta con el sable sobre su cabeza y, de un tajo, cortó la última cuerda que sostenía el bote. Entre los gritos de sus tripulantes, la chalupa cayó al mar con un enorme *pluf*.

32

En la sofocante santabárbara, el sable estaba a punto de romperse antes de lograr su cometido, pero se escuchó un chasquido y el pesado ojo de buey se abrió de golpe.

—Sal —ordenó Anne Bonny—. Rápido.

—Capitana...

La pelirroja la fulminó con los ojos. Por un instante temió que Mary no obedeciera, pero la muchacha se introdujo rápidamente por el ojo de buey y vaciló unos instantes en el borde antes de arrojarse al mar. Anne se despojó del sombrero y sacó medio cuerpo por el estrecho orificio. Muy abajo, vio asomar la cabeza de Mary en el mar, como una pequeña boya en el agua.

—¡Nada! —rugió.

Puso un pie en el borde. En esos instantes, escuchó un ruido detrás de ella y su espalda pareció arder. Con sus últimas fuerzas, saltó.

Detrás de ellos, el *Vanidoso* boqueó, gimió y finalmente explotó.

33

Sola entre las grandes olas, Mary no pudo evitar mirar hacia atrás mientras, detrás de la capitana, el fuego crepitaba en el polvorín y un resplandor mayor iluminaba el cielo. Contuvo un grito y se protegió con los brazos, esperando que los fragmentos del barco cayeran sobre ellas, que las aguas revueltas se tiñeran de los colores de la sangre y las llamaradas; pero ese momento no llegó. En lugar de eso, un chisporroteo agónico, parecido a una ventosidad, se extendió por el barco y del ojo de buey brotó una humareda polvorienta.

—¿Mary? ¿Estás bien?

—Sí —respondió la muchacha, perpleja.

La capitana nadaba hacia ella con largas brazadas. Llegó por fin a su lado y la sostuvo. El cabello mojado se le pegaba a las sienes y sus pendientes y collares tintineaban. Ambas contemplaron con la boca abierta el barco, que se había hundido por debajo de su línea de flotación, pero parecía aún bastante entero. Por detrás de él, una claridad nubosa, con un extraño toque amarillento, se extendía sobre el horizonte.

—No puedo creerlo. Dime que no es posible. ¡Dime que ese inútil, ese hatajo de mentiras, esa… esa fístula purulenta, no volvió a hacer negocios con los barriles de pólvora a mis espaldas!

—¿N-n-negocios? —farfulló Mary, que tenía bastante con no tragar agua.

—Arena —gruñó la pelirroja, que la sostuvo un poco más fuerte—. Me apuesto mil doblones a que lo que ha explotado ha sido un montón de barriles de arena. En cuanto me descuidaba, se ponía a trapichear con la pólvora. La vendía al triple de su precio; siempre hay otro bucanero necesitado… Y cuando me quejaba, me decía que no me preocupara, que sería por poco tiempo; que, después de todo, era por amor al prójimo. Bueno, pues casi me alegro. Gracias a esto estamos vivas. Eso sí, esta vez te juro que voy a matarlo, si es que no está muerto ya.

La besó en el cuello y le señaló el pequeño bote de salvamento, que se mecía sobre las olas apenas a unos metros. De la mano, echaron a nadar hacia él.

34

—¿Arena? —preguntó John Barnet, totalmente desconcertado.

Él y Rita, que todavía chorreaban por el impacto de la sacudida del bote, contemplaban boquiabiertos el fuego que todavía ardía en el *Vanidoso* y el polvo que se iba formando en el aire. Rita tosió.

—Era provisional —aseguró Jack desde detrás de las piernas de Marcellesi, mientras se incorporaba para que el agua del fondo del bote no le tocase la herida—. Pensaba reponerlos en la primera escala. Pero claro, uno no piensa que va a caer en una isla donde todo lo que hay son mujeres hermosas. Eso solo se sueña.

—Eres un perro, Jack —le dijo Marcellesi.

A izquierda y derecha del bote brotaban las cabezas confusas de los piratas y las indígenas que se habían arrojado al agua. Mil Cicatrices hizo una seña y comenzó a nadar hacia ellos, al igual que Juan Nadie, a quien Jimmy se había agarrado con gesto desesperado.

De pronto, alguien golpeó el borde de la chalupa con la mano y, poco después, una Anne Bonny totalmente empapada y muy enfadada subía a bordo. Mary siguió sus pasos, con el torso desnudo y escupiendo agua. John Barnet empuñó con más fuerza la espada.

—No es por ti a por quien voy —dijo la pelirroja—. ¡Y tú, quita de en medio! ¡Jack, farsante, buscavidas, pirata de agua dulce…! ¿Qué es esto? ¿Estás herido?

—Bonn, cariño, empiezas a recordarme a mi madre —dijo Jack, cansado—. Rita me hizo un poco de daño, pero creo que sobreviviré.

La capitana se agachó rápidamente a su lado y examinó la herida.

—Que alguien le ponga un vendaje —gritó.

—La ropa no es algo que abunde por este lado del Caribe —dijo Rita, protegida por el corpachón de Barnet, al tiempo que hacía un gesto desdeñoso hacia Mary.

—Que se quite el pantalón el gran almirante —sugirió Marcellesi.

—¡Estoy rodeada de inútiles! —se desesperó Anne Bonny. Se rasgó la camisa y la anudó en torno a la cintura de Jack.

Entretanto, Barnet trataba de vigilar los bordes del bote, pero en cuanto se despistaba un pirata trepaba a sus espaldas y se dejaba caer sobre el fondo. Rita protestaba, Jack gimoteaba, el pequeño bote zozobraba y se hundía bajo el peso de decenas de personas, y el agua les llegaba ya hasta las rodillas.

Mary quería decir algo desde hacía un rato, pero no encontraba el momento ni las palabras, y el hecho de encontrarse sin camisa tampoco ayudaba. Por fin agarró el brazo de Marcellesi, que era quien se encontraba más cerca, y lo sacudió con fuerza. Él la miró con poco interés.

—¿Qué? —dijo. Siguió el brazo de Mary hasta aquello que avanzaba sobre el mar desde la nube ambarina del horizonte y dejó escapar un suspiro—. Oh, vaya. ¿Otra vez?

35

Clareaba ya el cielo cuando el muchacho oyó el graznido de la gaviota. Abrió los ojos. El pájaro se había posado en el borde de la cofa del vigía y extendía la pata hacia él. Medio dormido, alargó el brazo y tomó el mensaje de la pata del animal.

Se incorporó. Las tres fragatas —la *Graciosa*, la *Gloriosa* y la *Grandiosa*— seguían avanzando pesadamente entre la niebla, sorteando las espumosas olas de color gris, en perfecta formación hacia su objetivo. El viento hinchaba a ráfagas sus velas y, por encima de su cabeza, la bandera de la *Union Jack* golpeaba contra el palo mayor como un pajarillo inquieto.

El vigía, un muchacho pecoso de cabello del color de una hoja de otoño, se rascó la cabeza y emitió un bostezo largo y sonoro, al que contestaron algunas gaviotas en la lejanía. Desenrolló el mensaje y leyó:

Servicio Oficial de Gaviotorreos — Mensaje n.º 121-6-63/1747

De: David J. Haymaker <david_da_best@royalarmy.gvt>

Para: Finn O'Doherty <corkbay19@royalarmy.gvr>

Finn, ¡despierta, que ya son horas! Je, je. ¿Has visto algo? Burke, el de la Graciosa, *asegura que hay una sombra a diecinueve grados en dirección sur. La isla está cubierta por la bruma y aún tardaremos en alcanzarla, pero por el humo es evidente que ha habido un incendio. Por aquí dicen que el almirante Barnet ha hundido la nave pirata. Si es así, ¡¡¡tres hurras por él!!! Aunque ya no ejerza, para nosotros sigue siendo un héroe, ¿verdad?*

Ay, no son ni las nueve y ya estoy que me muero de aburrimiento.

David

Finn, el vigía, se puso la mano en la frente y escudriñó el horizonte. Era cierto que parecía haber algo en la dirección que su compañero le había indicado… Algo grande, como una sombra tormentosa en el horizonte, pero resultaba difícil saberlo.

La gaviota graznó de nuevo, a la espera de su respuesta. De pronto, otra gaviota aleteó y se posó en el borde de la cofa con un chillido que solo podía denotar la urgencia de su mensaje. Finn lo sacó como pudo y leyó:

Servicio Oficial de Gaviotorreos – Mensaje n.º 121-6-64/1747

De: Burke Diaz-Ferrer <burkitoburrito@royalarmy.gvt>

Para: Finn O'Doherty <corkbay19@royalarmy.gvr>, David J. Haymaker <david_da_best@royalarmy.gvt>

COMPAÑEROS:

BUSCAD INMEDIATAMENTE UN CATALEJO. FINN *AVISA AL COMODORO DEPRISA!!!!* POR AMOR DE DIOS MIRAD EN LA DIRECCIÓN QUE OS DECÍA ANTES DE Q

Nada más Finn hubo leído la nota inconclusa, la gaviota le arrebató el mensaje con el pico y echó a volar en dirección a la *Gloriosa*. El vigía se frotó los ojos, bajó por el palo mayor a toda prisa y corrió con sus mocasines por la cubierta del barco de la Armada. Sabía que el comodoro se levantaba temprano para discutir el rumbo en privado con el timonel, así que entró en el puente de mando sin llamar.

—¡Comodoro! ¡Comodoro!

El comodoro Kirk, un hombre alto de cabello pajizo, dio un respingo y apartó su tricornio y sus galones de una segunda figura vestida de rojo. Finn contempló cómo el timonel, un tipo moreno y corpulento, chasqueaba la lengua y se agarraba el miembro erecto sin dejar de mirarlo. A la vista de aquella tranca, Finn se olvidó momentáneamente de lo que iba a decir.

—Finn, muchacho, espero que la interrupción valga la pena —dijo colérico el comodoro, subiéndose los blancos pantalones.

—Esto… —balbuceó el irlandés—. Yo… Señor, desde la *Graciosa* avisan que hay algo en dirección sur.

—¿Seguís abusando del servicio de Gaviotorreos? Que sepas que no voy a protegerte si hay una queja oficial.

—No, yo… —Finn no podía desviar los ojos del timonel, que se acariciaba con una sonrisa malévola—. Señor, yo… usted debería usar el catalejo —dijo, y se dio cuenta de que si alguien quería pegar el rostro a un catalejo en esos momentos, ese era él, pero los rangos eran los rangos.

—Vamos a ver —gruñó el comodoro.

Descolgó el dorado instrumento de la pared, lo orientó y lo movió en varias direcciones. Mientras tanto, el timonel se agarró los testículos y le lanzó un beso a Finn, que tragó saliva y trató de mantener una actitud profesional.

—Aquí no se ve nada —dijo al fin el comodoro—. Lo lamento mucho, chico, pero voy a tener que abrirte expediente.

—¡Oh, señor, no haga eso! —gimió el joven.

—Claro que sí. Has interrumpido una reunión de oficiales sin motivo alguno —dijo el comodoro, tocándose el bulto entre las piernas; por un instante, Finn lo vio sonreír—. Claro que también puedo atribuirlo a tu… ímpetu juvenil, ¿no crees?

Finn vio que cruzaba una mirada de soslayo con el timonel y entendió a lo que se refería. Dudó unos instantes. Luego pensó que había pasado apuros peores en su corta vida y, en cualquier caso, el hombre moreno lo estaba matando de ganas.

—No te avergüences, chico —dijo el comodoro—. A estos pantalones blancos le sientan muy bien una erección.

Finn se acercó despacio al timonel y puso una rodilla en tierra; este no se movió, pero su pene se agitó un poco en su dirección.

—Con su permiso, oficial —dijo Finn, sintiéndose algo tonto.

Cogió el miembro con la mano y se acercó a él. El timonel exhaló con fuerza y jadeó cuando Finn se introdujo su pene en la boca, sujetándolo por la base. Lo notó crecer dentro de él. Chupó el miembro hasta el fondo, lamió la punta y volvió a succionar. Tomó en sus manos las nalgas desnudas del timonel y siguió chupando mientras las acariciaba.

—Extraordinario —escuchó decir al comodoro.

La chaqueta roja se acercó y Finn se sintió observado de cerca al tiempo que el pene se metía en su boca y salía de ella, cada vez más rápido. Puso todas sus facultades en marcha, pellizcó el culo con fuerza y en poco tiempo logró que una descarga tibia y lechosa le cayera sobre los labios y la barbilla.

—Ah, comodoro Kirk —dijo por primera vez el hombre moreno, restregándole el glande por la cara—. Apruebo sinceramente su elección de tripulación.

—Me halaga, oficial —respondió el comodoro—. Bueno, muchacho, es mi turno.

Se acercó a Finn, pero en ese momento el barco dio una sacudida. El timonel salió volando y chocó contra la pared; el comodoro rodó por el suelo. Finn logró mantener el equilibrio a gatas, se agarró a una ventana y se puso en pie. Limpiándose los restos de semen de la cara, abrió mucho los ojos. El catalejo se había partido en dos y sus trozos rodaban hasta la puerta, pero ya no hacía ninguna falta.

La niebla se había levantado. Delante de ellos podían verse las verdes costas de la isla, azotadas por el viento, y los restos del barco pirata, que se hundía lentamente en el océano. Pero en la misma dirección avanzaba hacia ellos un gigantesco nubarrón de tormenta y, en el medio, una enorme manga de agua que giraba sobre las olas, inclinándose a un lado y a otro, como si bailara al son de una canción que ella misma cantaba.

Finn oyó un sonido gutural a su lado y distinguió a los oficiales del barco frente a la ventana. El comodoro boqueaba como una sardina fuera del agua. Petrificados, vieron como el tifón —pues no podía llamarse de otro modo— lamía el mástil derrumbado del bergantín pirata y lo absorbía. En pocos segundos, el barco entero de la calavera desapareció bajo las olas y la enorme cortina de agua, mientras el murmullo se hacía más intenso.

—Comodoro —dijo Finn—, espero que esto archive mi expediente.

—Desde luego —balbuceó el comodoro Kirk, que salió escopetado por la puerta y comenzó a gritar—. ¡Todo el mundo en pie! ¡Tenemos que cambiar el rumbo *ipso facto*! ¡Arriad la vela del trinquete! ¡Virad trescientos sesenta grados!

—¡Comodoro, trescientos sesenta grados es quedarnos en el mismo sitio! —voceó el timonel.

—¡NO ME CONTRADIGA, OFICIAL!

Finn distinguió entonces un punto minúsculo sobre las olas. Escudriñó con sus ojos de vigía y distinguió un botecito de salvamento que parecía atestado de gente y que avanzaba a todo remo hacia las tres fragatas inglesas, con el tifón pisándole los talones.

36

—¡Remad con más fuerza! —ordenó Anne Bonny.

El pequeño bote casi saltaba sobre las aguas. A cada brinco, sus pasajeros se veían obligados a sujetarse y recolocarse, de pie los unos junto a los otros. Los piratas voceaban, las mujeres salvajes gritaban y el escándalo era tan mayúsculo que casi ahogaban el estruendo de la manga de agua a sus espaldas.

—¡Lo estoy intentando! —rugió John Barnet, quien se desvivía por mover uno de los remos.

—Capitana, me están empujando —se quejó Jimmy.

—¡No hay sitio para todos, idiota! —dijo Nadie, que llevaba el otro remo.

—Aquí hay demasiada gente —dijo Marcellesi—. Voto por echar a alguien a las barracudas.

—En ese caso, deberíamos empezar por los opiómanos viejos y acabados —respondió Rita, lenguaraz.

Jack no dijo nada, pero Mary vio que miraba con nostalgia en dirección al barco desaparecido y que musitaba un «ni siquiera había terminado de pagarlo». El *Vanidoso* se había hundido en un abrir y cerrar de ojos con su majestuoso palo bauprés, la bandera de los sables y la calavera y los barriles de arena. Sobre sus cabezas refulgían los relámpagos entre las nubes. Había comenzado a llover.

—Esto es absurdo. No tenemos ninguna posibilidad —se desesperó Barnet, arrojando el remo.

—Tenemos que llegar al barco inglés —insistió Anne—. Si lo alcanzamos, quizá podamos tomar el control…, hacer algo. No podemos rendirnos.

—Ericito mío —dijo Jack—, ¿de verdad quieres atacar una fragata de guerra con diez piratas medio desnudos y unas pocas mascotas?

—Yo no soy ningún pirata —bramó Barnet.

Mientras discutían, algo iluminó la mente de Mary como un relámpago. Volvió la vista al tifón, que continuaba bramando detrás de ellos. Las palabras de su padre, parafraseando al pirata Barbavioleta, resonaban como un eco en su cabeza: *en ocasiones los snarks son boojums*.

Un grito se escapó de su garganta.

—Capitana, ¡es él!

—¿Quién?

Una decena de cabezas se volvieron a mirar a Mary, que se sentía tan excitada que se olvidó por completo de taparse. Señaló hacia la manga de agua.

—¡El snark!

—¡Qué dices! ¿Está ahí dentro? —rugió Anne Bonny.

—¡No! No es que el snark esté dentro del tifón, es que el snark *es* el tifón. ¿Recordáis las palabras de Barbavioleta? «Hicimos frente a la tempestad… y me topé con un terrible descubrimiento: en ocasiones los snarks son boojums». Ahora mismo, el snark es un boojum. No sé lo que hace, pero de alguna manera provoca ese efecto y esta tormenta… Por eso ahora es mortífero y Barbavioleta no puede acercarse para buscar su tesoro. —Mary se enfrentó a un montón de rostros perplejos—. ¿No lo entendéis? ¿O es que me explico mal?

—Pero entonces —dijo la capitana—, ¿el snark es un boojum o no?

—¡En ocasiones, sí! —remachó Mary.

—A mí estas cosas me superan —gimió Calicó Jack.

—Entiendo que ese boojum, o snark, es una especie de monstruo —vociferó John Barnet por encima de la canción del tifón—. Si es así, la muchacha dice verdad. Yo ya he entrado en él una vez y he contemplado su innombrable rostro una vez. Tendremos que unir nuestras fuerzas para matarlo.

—¡No! —gritó Mary—. Barbavioleta no le temía, ¿no es cierto? ¡Solo tenemos que encontrar la manera de que no sea un boojum!

El remolino estaba casi encima de ellos y el bote había comenzado a girar. Se agarraron a los bordes de la chalupa. Mary vio caer varios rayos y a su lado pasaron algunos restos del *Vanidoso*: un trozo del mascarón de proa, un fragmento de la popa…, Knotman Larsson medio ahogado…, una de las nativas, con cara de no creerse lo que le ocurría.

Mary miró a los torturados ojos celestes de John Barnet entre la tormenta. El antiguo almirante se rebuscó en el bolsillo y sacó una caracola, pero antes de que pudiera hacer nada, un golpe de viento se la arrebató y el objeto dio varias vueltas antes de caer en el mar.

37

☠ ☠ ☠

En la *Grandiosa* había cundido el pánico. El tifón se había tragado ya a la *Graciosa* y a la *Gloriosa*, y ellos eran los siguientes. La fragata se tambaleaba bajo el retumbar de docenas de pies que trataban infructuosamente de escapar del brutal influjo de la tormenta. Finn vio que el comodoro gritaba órdenes aquí y allá, intentando contener a una tripulación desatada.

Finn había bajado para recoger sus pocas pertenencias y metérselas a trompicones en los bolsillos. Tanto si la muerte le sorprendía como si no, quería estar preparado. Mientras subía de nuevo a cubierta, la estampa de la virgen que siempre llevaba consigo se salió y revoloteó por el suelo encharcado.

El irlandés corrió a por ella, pero el impacto de una ola contra el barco le hizo perder pie. Con horror, se deslizó por la cubierta inclinada hasta que cayó con un grito al mar. Nadó hasta la superficie, tomó una bocanada de aire y se desgañitó llamando a sus compañeros, pero nadie le oyó.

Sintió que la fuerza del tifón le atraía y, desesperado, se dejó llevar por la corriente. A su alrededor flotaban trozos de madera, fragmentos de barcos, rostros que no conocía.

Un objeto lo golpeó en la cabeza.

Finn se llevó la mano a la sien, seguro de que lo había herido de muerte, y encontró lo que parecía una caracola. Una caracola con una inscripción: *Este es un regalo por si nos necesitas.* ¿Qué era aquello? No lo sabía pero, cuando era pequeño, en las costas cercanas a su pueblo había muchas caracolas. En algunas se podía oír el sonido del mar. Otras producían un silbido muy característico si las soplabas. Finn y su vecino silbaban con las caracolas por toda la playa, diciendo que llamaban a los dioses del mar.

Con sus últimas fuerzas, se llevó la caracola a los labios y, pataleando para no hundirse, la sopló. La caracola expulsó el agua y emitió un murmullo susurrante.

Al principio no ocurrió nada. Luego una ola lo arrastró hacia el fondo y Finn sintió que los pulmones le iban a estallar. Cerró los ojos y apretó los labios. De repente notó que alguien lo agarraba y lo abrazaba con fuerza. Debía de ser una mujer, porque sentía sus pechos desnudos contra el suyo.

Finn abrió los ojos y se encontró con un rostro dorado y unos ojos ambarinos. La mujer apretó sus labios contra los suyos y, para sorpresa del vigía, insufló aire en los sufridos pulmones de Finn, que se sintió revivir. Notó la lengua de la mujer en su boca y la besó. Aquel apasionado beso bajo el agua envió un cosquilleo directamente a la entrepierna del muchacho, que de pronto recordó lo excitado que había estado.

La mujer rompió el beso y tiró de él hacia arriba. Finn distinguió entonces que había más como ella: criaturas que se movían a la perfección en el agua, bellas mujeres de largos cabellos que relucían como el oro. Ellas lo envolvían, lo acariciaban, lo protegían. Finn se dejó hacer y, cuando por fin sintió el aire encima de su cabeza, respiró con fuerza.

—Tranquilo, marinero —escuchó a la mujer decir como en sueños—. Sujétate a mí. Vamos a calmar un poco a ese juerguista.

38

☠☠☠

Mary sintió que el mar la poseía. La había arrebatado de la chalupa con una ola y ahora la hacía suya con cien mil lenguas y manos invisibles. El agua abrazaba cada centímetro de su cuerpo, se introducía en ella, la levantaba y volvía a hundirla con una fuerza inconmensurable. Hasta entonces había soñado el gran azul, lo había temido y lo había observado desde la seguridad de un barco, pero nunca antes había sentido en sus propias carnes la furia del mar.

Salvo que, más que furia, parecía que el mar se estaba divirtiendo de lo lindo.

Cuando sintió que la elevaban una vez más, Mary miró en derredor. Estaba fuera del agua y algo largo y viscoso la sujetaba. La canción del snark se había amortiguado: en su lugar, tenía los oídos llenos de un ruido similar al de una enorme catarata lejana. Creyó ver un rostro que pasaba a toda velocidad a su lado, luego otro; miró a su lado y distinguió la cara desencajada de John Barnet. Barnet, atrapado por un tentáculo gelatinoso que se enredaba en torno a su cuerpo como una serpiente pitón.

Alrededor de ellos se elevaba una cortina de agua hacia el cielo, que culminaba en un pequeño agujero a través del cual brillaba el sol. Y allí, en el centro mismo del tifón, se encontraba el origen de los tentáculos. Mary sintió que su cuerpo se contraía ante el horror; el rostro del snark, si es que podía considerarse tal, no se parecía a nada que hubiera visto antes... era, simplemente, innombrable. Contemplarlo era caer en el vacío de un espejo oscuro, en la enormidad de una fosa oceánica, en la abismal negrura de un acantilado.

El monstruo penetraba en su mente con la facilidad de un chamán. Lo leía todo: el abordaje del barco pirata, los ojos fascinantes de Anne y la sonrisa en el rostro tostado de Jack..., aquellas primeras veces que había sentido las manos de los piratas sobre ella..., el naufragio, la casa de la madre de Jack y el rescate de su padre..., la isla y sus nativas..., y el incendio del barco y Anne, de nuevo Anne, que la había rescatado de una muerte casi segura.

Percibió una amalgama de emociones que no comprendió, pero en ellas se intuía una gran curiosidad y la excitante sensación de haber llevado un juego al límite. Comprendió que el snark lo sabía todo. No había mucho que se le pudiera escapar a semejante criatura de las profundidades; vieja como los océanos, única en el mundo.

Había estado jugando con ellos.

Y jugaba ahora también. A su manera, por supuesto. Levantaba a dos marineros aterrorizados con sus tentáculos y los hacía chocar para que sus cabezas se abrieran como si fueran cocos. Giraba y giraba aturdiendo a sus juguetes favoritos, enredándose en ellos hasta asfixiarlos. Mary se dio cuenta de que no podrían aguantar mucho.

Entonces comenzó a ver una serie de cuerpos plateados que nadaban con gran esfuerzo entre las aguas del tifón. Escuchó un sonido cercano parecido al de una orca y el tentáculo que la sujetaba se relajó un poco. Mary tomó una bocanada de aire y se sintió resbalar por el miembro hasta el agua.

—Me alegra conocer a tus amigos, marinero —dijo una voz cantarina.

A su lado, John Barnet escupía agua, tosía y maldecía mientras se aferraba como podía al tentáculo, que flotaba mansamente en el agua cristalina. Mary abrió mucho los ojos. En torno a Barnet nadaban tres mujeres desnudas: una rubia, otra morena y una castaña, que no parecían en absoluto preocupadas. Una de ellas captó la mirada de Mary y le escupió un chorro de agua.

—Aunque no eres tú quien nos ha llamado —reñía a Barnet la mujer rubia—, seguimos debiéndote un favor, mas debo avisarte que algunas de nosotras nos hemos encaprichado mucho del joven pelirrojo... Pero no te preocupes. Estamos intentando tranquilizar a nuestro pariente. No es mala gente, pero tiende a excitarse demasiado, ¿sabes?

—¿Estáis emparentadas con esta bestia? —jadeó Barnet.

—Todas las criaturas del mar están emparentadas.

Mary distinguió la sacudida de una cola de pez y creyó soñar. Se olvidó de sostenerse y notó que se hundía, pero unas manos delicadas la devolvieron a la superficie. Sintió que le acariciaban los pezones y que algo resbaladizo se le enredaba entre las piernas.

—Qué suave es tu muchacha, marinero...

—No soy su muchacha —protestó Mary, pero nadie la escuchó.

En ese momento, otro tentáculo descendió suavemente junto a ellos y de él resbaló Anne Bonny, que cayó al agua y comenzó a toser con los ojos desorbitados. El tentáculo la sostenía casi amorosamente.

—A nuestro pariente también le gustáis —dijo la sirena con una risita—. Le gustáis mucho.

—Pues tiene una forma extraña de demostrarlo —respondió Barnet.

—Relájate y todo irá bien.

A izquierda y derecha, los marineros todavía aullaban y eran sumergidos en el mar o llevados por los aires contra su voluntad. Pero poco a poco más tentáculos se iban calmando. Mary sintió que el tentáculo se extendía, crecía y las rodeaba a ellas, a John Barnet y a las sirenas. Los abrazaba, los tocaba y casi los envolvía.

Mary notó que la volvían del revés y la sangre se le acumulaba en la cabeza. *La sangre de mi madre…* Sentía una agradable emoción entre las piernas, allí donde tenía atrapado el tentáculo por su parte más gruesa. Estaba caliente, tanto como ella. El tentáculo se enroscó más contra ella y Mary sintió que abrazaba sus pechos. Nadie estaba mirándola, el monstruo la tenía atrapada como en una crisálida. Quizás podría…

Se bajó suavemente el pantalón. Como si lo hubiera estado esperando, del tentáculo brotó entonces un apéndice más pequeño, que se introdujo ansiosamente en su vagina. Se movía resbaladizo como un pez, húmedo de por sí, mientras Mary gemía y se dejaba hacer; era su pequeño secreto, nada más que una pequeña distracción; quizás, incluso, lo estaba calmando…

Por la rendija de los ojos vio otras crisálidas tentaculares como la suya. No podía distinguirlo con claridad, pero juraría que había visto el rostro de Anne Bonny con los ojos cerrados y la mirada concentrada de John Barnet. ¿Qué estaban haciendo? Pensar que podría ser lo mismo que ella la excitó. Dobló las rodillas y el tentáculo se introdujo todavía más en ella. A su alrededor brotaban más apéndices, similar en tamaño y forma a falos en erección, que se metieron poco a poco en su boca, su ano. Se rozaban contra ella, le frotaban los pezones, el clítoris. Era una inmensa selva de penes enhiestos a su alrededor que luchaban por introducirse en ella por todos lados, y Mary estaba a punto de explotar.

—Ven a mí —murmuró—. Descárgate.

Mordió delicadamente el tentáculo que tenía junto a la boca y de pronto sintió que se llenaba de una viscosa humedad. Era como si todo a su alrededor hubiera comenzado a rezumar un líquido parecido al agua. Aquella humedad hizo que el tentáculo de su vagina penetrara a lo más profundo, se removiera y chocara con el fondo una y otra vez; Mary sintió que se corría sin poder evitarlo, feliz de obtener lo que quería y también un poco horrorizada ante lo que estaba haciendo. Pero algo en su interior le decía que no era nada malo.

Las sirenas habían comenzado a entonar un cántico diso-nante, que retumbaba con un eco infinito entre las paredes de agua. Desde su satisfecha jaula empapada, Mary vio que el re-molino se había llenado de cuerpos de mujer con colas de pez; eran decenas, quizás cientos de figuras que hendían la corriente a toda velocidad…

39

El comodoro Kirk se había preparado para que la *Grandiosa* desapareciera bajo las aguas del tifón. Valientemente, el timonel se había amarrado al timón con una cuerda y eso le había hecho aguantar la embestida de la última ola, que había empapado la cubierta, salpicado los rostros de los dos hombres y ahogado las últimas esperanzas del comodoro.

Pero de pronto, justo cuando el remolino parecía succionar a la nave, las aguas se abrieron y allí, ante ellos, en una calma repentina, se desveló el monstruo de rostro innombrable. Los pocos soldados que quedaban sobre cubierta se quedaron paralizados, incapaces de proferir palabra, cada uno de ellos enfrentado a su propio horror.

Del centro de la criatura brotaban innumerables tentáculos. Al comodoro le recordó vagamente a un plato de espaguetis como los que preparaba su abuela, aunque en versión abismal y apocalíptica. Uno de los muchos ojos de la criatura se posó sobre él. La mano del comodoro tembló y fue incapaz de sacar la pistola. El snark se estiró, se contrajo y emitió un sonido que sonó a un burbujeo divertido, seguido de algo parecido al ronroneo de un gato. Un gato... acuático.

El snark desenrolló uno de sus tentáculos y los soldados corrieron para apartarse de la proa del barco. Mudo de fascinación, el comodoro Kirk vio que en el extremo del espagueti aparecía una figura humana, pequeña como un muñeco en comparación.

El monstruo la depositó junto al mascarón de proa y le dio un golpecito con otro tentáculo. La persona pareció revivir. Rodó por la cubierta, vomitó agua y, tosiendo, levantó unos ojos verdes furiosos hacia los soldados ingleses.

—Piratas —llamó con dificultad. Desenfundó el sable—. ¡Al abordaje!

40

☠ ☠ ☠

Aquel combate naval pasaría a la historia por ser el más estrafalario del Caribe, pensó Mary, todavía aturdida por su experiencia tentacular. Incluso ella podía ver que no era la manera habitual de abordar un barco. El snark iba depositando con delicadeza a sus presas sobre la cubierta de la única fragata inglesa que quedaba. Estas, al cabo de unos lógicos momentos de confusión —que en ocasiones consistían en inclinarse sobre la barandilla del barco y echar hasta la primera papilla—, se unían tentativamente a la lucha, bien del lado de Anne Bonny o de la Armada. Cuando les llegó el turno a John Barnet y ella, se esforzaron por mantenerse en pie y, tan pronto como dejaron de ver doble, vieron que Jack se había parapetado detrás de una gruesa cuerda enrollada. Por su parte, los ingleses habían formado una línea de batalla y disparaban contra ellos.

—Yo estoy herido —dijo Jack, señalando con el pulgar a los combatientes—. Id vosotros a ayudarla, deprisa.

Barnet lo observó con expresión impenetrable.

—Supongo que no tiene ningún sentido que te mate ahora mismo.

—Créeme, no. Tengo la ligera sensación de que ella se lo tomaría a mal. Aparte de que estoy seguro de que mi cabeza no vale lo que están dispuestos a pagar por ella.

—Esto solo es una tregua, Jack Rackham —avisó el antiguo almirante, que señaló a Jack con un dedo como un salchichón de largo—. Nos volveremos a encontrar.

Luego sacó la espada y se arrojó contra la línea de soldados ingleses, desarmando a uno, ensartando a dos y derribando a tres cuando la ocasión lo requería.

Mary se había refugiado detrás de un mástil, abrazándose a sí misma y sin atreverse a hacer mucho más. Al contrario que los ingleses, los piratas luchaban a voz en grito, aullando y chillando como una horda de papagayos. Junto a las mujeres salvajes, se lanzaban contra sus enemigos con todas sus fuerzas, rugiendo, bramando, maldiciendo, y los hacían retroceder con la mera fuerza de sus gritos. Pateaban barriles, les arrojaban lo primero que encontraban. En el barco volaban petacas, dagas, aparejos marítimos, incluso brazaletes de oro y patas de palo, que rebotaban en las cabezas de los soldados.

Mary vio como, a lo lejos, Anne Bonny se agarraba a una cuerda del palo de mesana para golpear a un soldado en la mandíbula; trepó algo más y desarmó a otro de una patada; finalmente se arrojó sobre un tercero. Solo entonces comprendió dónde residía la verdadera fuerza de los piratas. No tenían nada que perder y sí mucho que ganar. No tenían disciplina ni dignidad, pero estaban bien alimentados, curtidos en las asperezas del mar y dispuestos a morir por una causa común. Para los soldados ingleses aquello era trabajo; para los piratas, pensó Mary con orgullo, aquellas luchas a muerte eran su vida, la razón de su existencia.

Se agachó, tomó la pistola de manos de un fiambre y apuntó a uno de los soldados que luchaba con John Barnet. Disparó. El hombre lanzó un grito y cayó. Con sangre fría, Mary apuntó a otro de los ingleses y disparó de nuevo. Este se volvió, herido en el hombro, y corrió hacia ella para darle una estocada, pero Mary se apartó y la espada se enganchó en el mástil. A bocajarro, Mary le disparó y el inglés se derrumbó a su lado.

—No me lo tomes a mal —dijo Mary.

Levantó la pistola para disparar a otro soldado que se había acercado, pero esta hizo *clic* y no escupió ninguna bala. Mary sintió que el miedo le recorría el cuerpo en forma de escalofrío y dio un paso atrás. La pistola le resbaló de la mano mientras el hombre avanzaba hacia ella y una sonrisa se abría paso en su rostro.

En ese momento se sacudió y cayó hacia adelante, con una daga clavada en la espalda. Desde detrás de él, Nadie miró a Mary, se limpió la mano llena de sangre y volvió a empuñar el sable con las dos manos.

—Las armas de fuego están muy bien, señorita —la recriminó mientras abatía a otro soldado—, pero hay que saber dónde está su límite. ¿Me hace un favor? Póngase una de estas chaquetas, por Dios. Pelear así es una buena estrategia de distracción, pero apostaría a que no le va a gustar sentir una hoja tan cerca.

Mary estiró de una de las chaquetas azules y se la puso directamente sobre la piel. Se la abotonó deprisa, tomó el sable que había quedado clavado en el mástil y siguió peleando junto a Nadie. Ambos se unieron a Marcellesi, que trataba de abrir una brecha en dirección a la capitana. A su alrededor volaban manos, piernas y fragmentos de narices y orejas que se disputaban las gaviotas. *Lo peor de las batallas*, pensó Mary blandiendo la espada aquí y allá, *es que están llenas de sangre*.

Finalmente cruzaron la última barrera de soldados ingleses y se dispusieron a unirse a la batalla, pero entonces Anne Bonny se acercó a ellos, cubierta de sangre y sudor, con el sable desenvainado y una espada corta en la otra mano.

—Ya no tiene importancia. Se han rendido.

Los soldados restantes del barco permanecían apelotonados en popa, entre aturdidos, asustados e incrédulos. Mary contó más de veinte y se dio cuenta de lo vergonzoso que tenía que resultarles ser derrotados por un puñado de mujeres y unos pocos piratas viejos, mutilados o... o peor aún, mestizos.

Escucharon un rugido a sus espaldas y se volvieron para mirar al snark, que estiró su rostro (innombrable) como una descomunal serpiente y lo acercó poco a poco al barco, hasta que estuvo a escasos metros de Anne Bonny. La capitana permaneció impávida mientras la criatura la observaba, pero Mary vio que agarraba con fuerza sus armas. Finalmente, el monstruo se apartó y se fue encogiendo.

—¡Mirad! —gritó entonces alguien.

Bajo el monstruo, en el mar en calma, flotaban un centenar de algas de todos los colores. Mary miró con más atención. No, no eran algas; aquel montón de colores tenía ojos. Una infinidad de ojos que, como los del snark, contemplaban el barco y a sus ocupantes. Varias colas plateadas se agitaron.

—¡Son sirenas! —dijo un soldado.

—¡No seas imbécil! ¡Las sirenas no existen! —respondió otro.

A Mary se le ocurrió de pronto una idea. Miró a Anne Bonny, que tenía la vista fija en el mar de cabelleras. La tocó suavemente en el hombro.

—Sabes lo que son, ¿verdad?

La capitana la miró con ojos de pánico.

—No me lo digas, por favor.

—Ellas eran el tesoro de Barbavioleta. Las bellezas ocultas en las profundidades.

—Te dije que no me lo dijeras. —Anne Bonny gruñó y arrojó los dos sables al suelo—. ¿Por qué nunca me haces caso? O mejor aún, ¿por qué al final todo se reduce a lo mismo, y hasta los piratas legendarios más salvajes y bárbaros, en fin, gente que una esperaría que fuese *seria*, desdeñan el oro en favor de una mujer hermosa?

—Te hago mucho caso —protestó Mary, muy tiesa—, solo que creí oportuno enunciar…

No pudo seguir. La capitana la tomó en sus brazos y la besó. Mary correspondió a su beso mientras los soldados y los piratas contemplaban a las sirenas unos minutos más, hipnotizados.

El snark emitió una vez más su sonido burbujeante y cerró los ojos. Después dio un salto y se hundió en el mar. El barco se elevó en la cresta de una ola y cayó con gran estrépito de nuevo. El agua cayó sobre los marineros como una ducha, arrastrando con ellos, como en un sueño, la fugaz visión de un mar que había sido multicolor.

41

☠ ☠ ☠

La fragata surcaba tranquilamente las olas. En las alturas, la bandera inglesa había sido reemplazada por unos pantalones negros, que ondeaban con suavidad. Junto a ellos se secaba al sol una hilera de camisas, chalecos y otras prendas de distintos colores.

—Buena idea lo de vestir los uniformes de esta gente —alabó Marcellesi a Anne Bonny, mientras se alisaba su nueva chaqueta—. Otra cosa, no, pero hay que reconocer que los ingleses tienen buen gusto en lo que respecta a moda militar.

—Siempre hemos estado algo faltos de eso —reconoció la capitana.

Vestía la chaqueta roja, el chaleco y los pantalones blancos de repuesto de los oficiales. Un nuevo tricornio se erguía orgulloso en su cabeza y Mary vio que el sombrero parecía inspirarle fuerzas, devolverle la autoridad que casi había perdido en la lucha con el snark.

Frente a ella, la jefa de las mujeres salvajes dio un paso adelante y ambas se sostuvieron la mirada unos segundos. Luego la nativa levantó su arma, señaló con ella al mar y después a

Mary. Se dio unos golpecitos en el pecho con ambas manos, para permanecer en posición agresiva enfrente de la capitana.

—Dice… —comenzó Marcellesi.

—Sí, ya lo sé —dijo la capitana—. Que Mark venía con sorpresa incluida, ¿no es eso? Bueno, creo que sus compañeras ya llevan esperma suficiente en sus vientres para engendrar a toda una generación. Y lo que ocurrió después con el barco no fue culpa mía. En cualquier caso —añadió tras mirar a Mary—, tuvieron la boca del capitán Mark por donde más la querían. Creo que no son conscientes del inmenso privilegio.

Mary enrojeció hasta la raíz del pelo y se ajustó la casaca roja por encima de los pezones, que se habían animado repentinamente. Marcellesi tradujo las palabras de Anne Bonny. La jefa de las mujeres salvajes sacudió la cabeza, señaló a la fragata y se cruzó de brazos.

—Capitana, dice que todo eso le importa bien poco. Pagaron por un hombre y quieren llevarse un hombre, o tendremos que devolverles su dinero íntegro, más daños y perjuicios —dijo Marcellesi.

—¿Qué pretende que haga? —rugió Anne, perdiendo de nuevo la compostura—. Los doblones están en el fondo del mar con el «tesoro» de Barbavioleta. Si tan listas son, ¡que se sumerjan y se los pidan a las sirenas, mil demonios!

—Hay una solución —dijo entonces una voz.

La capitana, cuyo tricornio se había ladeado, miró a su izquierda. Mary vio a Jack apoyado en un barril. Se había mantenido al margen hasta entonces. También se había vestido con uno de los uniformes de la Armada, pero había obviado el chaleco y las vendas de su herida se dejaban ver por debajo de la camisa mal abotonada.

—¿Qué insinúas? —gruñó Anne.

Jack caminó hasta ellas y puso la mano sobre el hombro de Anne Bonny, al tiempo que miraba fijamente a la jefa de las mujeres salvajes.

—Yo podría… sacrificarme por la causa.

—¿Tú? —dijo la capitana, perpleja.

—Sí, yo. Qué quieres que te diga, cariño, estoy cansado. En las últimas semanas he visto cosas suficientes para saciar mi sed de aventuras por un tiempo, y no se me ocurre un sitio mejor donde retirarme. Bueno, estaba esa idea recurrente de comprar una plantación contigo, nadar en dinero, disponer de muchas mujeres guapas y ser felices juntos, pero creo que hoy por hoy queda descartado.

—Personalmente, yo no aceptaría jamás un trato tan poco ventajoso, pero no puedo hablar por todas —respondió la capitana con voz fría—. Marcellesi, ¿puedes proponérselo?

Marcellesi habló con la jefa de las mujeres salvajes, que miró a Jack desconfiada. Este le correspondió con una sonrisa de oreja a oreja.

—Dice que este pirata es más viejo y está herido. No saben si podrá cumplir su función.

—También creyeron que lo estaba Mark cuando lo compraron —argumentó la capitana—. Las heridas terminan curando. En cuanto a la función —Respiró hondo—, puedo asegurarles que sabe cumplir con su deber.

Mary contemplaba la escena con el corazón en un puño. Marcellesi y la mujer salvaje hablaron durante un tiempo. Finalmente ella se adelantó, tomó la mano de Anne Bonny entre las suyas y, a la manera europea, se le estrechó con tanta energía que la capitana contuvo lo que tenía todas las trazas de ser un gemido de dolor. Luego miró a Jack, le acarició la barba y se dio la vuelta para dejarlos solos unos últimos momentos.

—Bueno —dijo él.

La capitana no dijo nada.

—Querida Bonn, supongo que esto es el final —barruntó Jack.

—Supongo —murmuró ella.

Nadie se movió. Marcellesi, educadamente, se había enfrascado en la difícil tarea de cargarse una pipa con toda la lentitud del mundo. Por primera vez, Mary sintió los ojos de Calicó Jack sobre ella y vio destellar de nuevo su sonrisa.

—También podemos tomarlo como un hasta luego —sugirió él—. Los años pasan deprisa, ¿y quién os dice que no querréis regresar a una isla llena de mujeres maravillosas en el futuro? Pues cuando regreséis, el rey de la isla…

—Oh, cállate ya. —Anne Bonny se quitó el tricornio y azotó a Jack con él—. ¡Largo! Vete con ellas de una maldita vez.

Jack la besó rápidamente en la mejilla y trotó en dirección a las mujeres salvajes, que lo esperaban cerca de las lanchas. Mary vio que enlazaba una de sus manos con la de una nativa joven. En ese momento apareció alguien más.

—Capitán —murmuró Rita, azorada—. ¿Puedo quedarme con vos?

Era la única que no se había vestido. Su traje había perdido la mayoría de sus piezas y, con aquellos andrajos tiesos, parecía más una de las mujeres salvajes.

—Juraría que la última vez que estuvimos juntos intentabas matarme —dijo Jack.

—Eso fue un error. —Rita sacudió la cabeza con rabia—. Nunca tuve… Jamás pensé que… Oh, caracho, me perdieron los celos. Pero vos mismo entendéis que los celos son un monstruo terrible, ¿no es así, capitán? He reflexionado y quiero pasar el resto de mis días junto a vos. Quiero que volváis a ponerme un collar, a serviros de mí y a dejar que yo atienda vuestras necesidades más íntimas. Por favor, no digáis que no.

—Entiendo, perrita mía. —Jack soltó a la chica y alargó el brazo—. Ven.

—Oh, ¡me hacéis tan feliz! —dijo Rita con voz chillona.

Jack la tomó por la cintura. Súbitamente, la empujó con fuerza y Rita se precipitó por la barandilla del barco con un grito. Las mujeres salvajes se miraron unas a otras sin comprender. Se oyó el ruido de un cuerpo que caía al agua.

—Espero que te sienten bien las barracudas —gritó Jack desde arriba. Luego se frotó el hombro y miró a Anne y a Mary—. Haced lo que queráis con ella. Dejadla ahí abajo, lleváosla o entregádsela a los soldados ingleses; a mí me trae sin cuidado. Adiós, Bonn. Adiós, Mary. Vámonos, chicas.

Puso los brazos sobre los hombros de dos de las mujeres salvajes y desapareció junto a ellas. Mary escuchó un largo suspiro y vio que los labios de la capitana temblaban. Se echó hacia delante el tricornio e, ignorando a Mary y a Marcellesi, se dio la vuelta y caminó en dirección opuesta. Mary se volvió hacia la tripulación.

—Levad anclas —ordenó—. Es hora de partir.

42

—¿Anne?

La palabra había brotado de los labios de Mary sin pensarlo. Tanteó en la oscuridad y notó que el otro lado del colchón todavía seguía frío. Sin embargo, al otro lado del espacioso camarote se agitó un pequeño resplandor y el rostro de la pelirroja apareció bañado en la luz de una lámpara de aceite.

—Te quedaste dormida —dijo la capitana.

Se acercó a la cama y dejó el candil sobre la repisa. Mary se incorporó y se frotó los párpados. Por el oscuro ojo de buey, vio que fuera había caído la noche.

—Tardabas en venir.

—Tenía cosas en las que pensar —respondió la pelirroja—. Y ha sido un día duro.

—Al menos hemos acabado en el camarote del comodoro de una fragata de la Armada. No me digas que te pasa a menudo.

Anne Bonny soltó una risa sarcástica. Se sentó a los pies de la cama, tomó la botella de ron medio vacía que había dejado en el suelo y le dio un largo trago. Deslizó la vista por el lujo que las rodeaba a la luz rojiza del candil: revestimientos de madera noble, armarios con pomos de marfil, grandes espejos ovalados con marcos de oro repujados.

—En fin, creo que la venta de esta mierda dará suficiente para comprar otro barco. Eso sí, tampoco te esperes gran cosa. En los Estados Unidos funciona bien el mercado negro, pero no creo que esta cáscara de nuez repintada valga su peso en oro.

Mary se tumbó boca abajo a su lado, apoyada sobre los brazos.

—Entonces, ¿quieres seguir en el oficio?

—¿Quieres tú? —Anne la miró fijamente.

Mary sopesó su respuesta.

—Lo que más me importa —dijo al fin— es estar junto a Anne Bonny la Temible, pirata de los siete mares. Si eso supone vivir en el mar y hacer de la piratería mi vida, sea.

Anne le acarició los labios con la mano enguantada.

—Entonces llegará un momento en que las leyendas también hablarán de ti. Serás Mary Read, la Astuta. La que engañó a toda una isla con el cabello corto y esa carita de ángel. La que calma a los monstruos del mar.

Mary sintió un pequeño escalofrío y se ruborizó. Aunque ella se había quitado hacía rato el pesado uniforme de marina para echarse en la cama, su compañera continuaba llevando el chaleco y los pantalones blancos. Ni siquiera se había quitado los guantes, y solo las altas botas, que no parecían molestarle, eran negras como el carbón.

—Capitana, ¿puedo preguntarte algo? —dijo con suavidad.

—Tienes orden de hacerlo.

—Cuando el snark te miró solo a ti, ¿qué sentiste?

Anne frunció el ceño y permaneció en silencio unos instantes.

—Sentí que lo sabía todo acerca de mí. Y creo que intentó decirme algo —gruñó al fin—, pero no estoy segura de haberlo entendido. Lo que sí creo es que hemos hecho bien en no matar a ese bicho, ¿sabes? Te parecerá una locura, pero esa bestia *pensaba*.

—Estoy segura de que sí —dijo Mary—. Mi padre siempre lo creyó.

Anne se reclinó a su lado y le acarició el rostro. Mary distinguió movimiento en la pared de la derecha y se fijó en el gran espejo ovalado que colgaba junto a la cama, que con toda seguridad estaba allí para que el capitán comprobara su aspecto antes de abandonar sus estancias. Su figura y la de Anne Bonny se intuían en claroscuro entre las sábanas de color crema, ligeramente borrosas.

—Sabes, ese espejo le habría encantado a Jack —dijo de repente Anne—. Siempre se quejó de que lo único que faltaba en su cabina era un espejo para poder mirarse de cuerpo entero.

—¿Nunca encontrasteis uno? ¿Nunca lo comprasteis?

—Por supuesto que no. Jack necesitaba que fuese *perfecto*. Tuvimos varios, pero acabó deshaciéndose de todos. Uno tenía el cristal demasiado ahumado, otro no le hacía justicia. En fin, ya lo conoces. —Hizo una pausa y siguió acariciando el cuerpo de Mary con los dedos, desde la cabeza hasta el hueco de la espalda—. Oye, me temo que… incluso en estas condiciones, hablaré a veces de él.

—Puedo vivir con ello —respondió Mary, pero preguntó—: ¿Eres feliz?

La mano de Anne Bonny alcanzó el inicio del trasero y retiró los faldones de la camisa de seda para dejar al descubierto las blancas nalgas. Mary suspiró y entornó los ojos. Unos labios y una lengua resbalaron por su cuello hasta que dejó escapar el aire con fuerza.

—Sí, Mary. Lo soy.

La mano trazó los contornos de su culo y luego rebuscó entre las nalgas. Mary emitió un leve sonido al notar el roce del dedo corazón cerca de su vagina, pero fue solo un momento; la capitana volvió a ascender y posó de nuevo la mano en su trasero. Mary podía sentir los cinco dedos extendidos a través de la tela.

Entonces Anne se apoyó contra ella y notó el conocido tacto de sus pechos contra su espalda, pero al instante, la otra mano se enredó en su cabello y tiró de ella hacia arriba.

—Ven, incorpórate.

Mary vio el reflejo de los ojos verdes en el espejo y se apresuró a obedecer. Su propia figura se estiró mientras se ponía de rodillas y estiraba el cuerpo hacia atrás guiada por la mano de la capitana, que permanecía pegada a ella. La otra mano rozó sus muslos, tocó de nuevo perezosamente los rizos que se intuían bajo la camisa y terminó acariciándole la barbilla.

Fascinada por el reflejo de las manos enguantadas, Mary vio que Anne manipulaba uno de los muchos pendientes que colgaban de su oreja izquierda y que lograba desenganchárselo.

—Un pirata no es nada sin sus pendientes, ¿sabes? —murmuró.

Acercó el aro tintineante a la llama del candil y calentó en él lo que parecía una aguja larga y afilada. Mary tragó saliva.

—¿Te gusta la plata? —preguntó la capitana.

—Nnn... no me desagrada.

Anne sopló el metal humeante y miró a Mary a los ojos, a través del espejo.

—Yo la detesto.

Después se acercó y apartó el oscuro cabello que comenzaba a crecer por encima de la oreja de Mary, girando su rostro a un lado. Esta sintió que el corazón se le aceleraba y comenzó a respirar con violencia. El pecho se le agitaba. *No voy a mirar*, se dijo. *¡Pero va a doler! Dolerá terriblemente y gritaré y pediré socorro y no habrá nadie para...*

Los labios de Anne Bonny en los suyos la distrajeron. Instintivamente, Mary se arqueó y metió la lengua dentro de la húmeda y cálida boca hasta tocar la de Anne. Sus lenguas se enredaron con abandono hasta que sintió un rápido pinchazo en el lóbulo. Las manos de Anne descendieron a sus hombros, Mary se tocó el cuello y sintió el tacto del aro de plata.

—¿Bien? —preguntó la capitana.

El pendiente brillaba ahora en su oreja. Mary asintió, sorprendida. La oreja comenzaba a molestarle un poco, pero no había dolido nada.

—¿Cómo sabes hacer tantas cosas?

—Es talento natural —respondió Anne, que volvió a besarla—. Me gusta perforar a las muchachas... sin hacerles demasiado daño.

Los guantes se deslizaron por su pecho y desabrocharon los botones de la camisa sin apenas esfuerzo. Despacio, cubrieron los pequeños pechos de pezones rugosos y tiraron de la prenda hasta sacársela. Mary observó su propio cuerpo desnudo en el espejo, piel cetrina sobre fondo negro, y contempló con excitación creciente cómo las manos reptaban por él como dos pececillos, como olas ansiosas por recorrer cada rincón de una costa.

Un dedo se introdujo en su boca y lo succionó ansiosamente; después vino otro, y otro. Pronto tenía dentro de ella tres dedos de la capitana y el áspero sabor de la tela del guante, que se humedecía con su saliva. Mary la lamía con abandono, pero toda la saliva del mundo no era bastante para aquel material que había empuñado espadas y pistolas y le rozaba el paladar con una sutil amenaza. Ella lo sabía. Anne lo sabía. Y era maravilloso sentirlo en su boca.

La capitana dejó escapar un jadeo y tomó un pezón entre los dedos de la otra mano, al principio con suavidad, después algo más fuerte. Por fin lo pellizcó y tiró de él mientras curvaba los dedos dentro de la boca de Mary, que contuvo un pequeño grito de dolor. Agarró el guante con los dientes y tiró de él.

—Suelta —ordenó Anne.

Mary no hizo caso. Anne colaboró para que le quitase el guante, pero acto seguido descargó un fuerte palmetazo con la mano desnuda sobre la nalga de Mary, que dio un respingo.

—Te dije que parases. —Anne retorció el pezón con la otra mano y repitió el azote—. ¡Vamos! A cuatro patas y con el culo en pompa. Te voy a enseñar yo.

Mary no pudo contener una risa de placer en la que se escapaba parte de la tensión acumulada del día, pero se mordió la lengua cuando la capitana la golpeó todavía más fuerte y se apresuró a obedecer. Se cercioró de que las figuras todavía eran visibles en el espejo desde su nueva postura y apoyó los pechos contra el colchón, levantando las caderas. Una descarga de humedad se removió en su vientre cuando vio que Anne se despojaba del cinturón de la marina y se lo enrollaba en una mano, convirtiéndolo en un improvisado látigo.

—Es tu postura favorita, ¿verdad? —dijo mientras la azotaba con él en una y otra nalga—. Puedo ver cómo te agitas. Abre bien ese coño reluciente, que lo vea. ¿Quieres esto? —Y descargó el cinturón sobre su espalda—. No, ahí duele demasiado, ¿verdad? ¿Qué tal aquí? —Frotó los muslos con el cinturón y lo hizo restallar sobre ellos.

—Ah, ah, no… Para, por favor —gimoteó Mary.

—¿Quieres que pare? —dijo Anne Bonny en un tono menos jadeante.

—Por supuestísimo que no.

—Eso me había parecido. —Y Anne zurró a Mary en el trasero con tanta fuerza que por un instante le hizo desear lo contrario—. Tenemos que inventar una palabra específica para que puedas desahogarte a gusto. Si no, un día vas a suplicarme que te deje en paz, y lo mismo voy y lo hago.

—Eso sí que sería tortura. —Mary contuvo las lágrimas que pugnaban por aparecer en sus ojos.

—¿Verdad? —Los ojos de Anne refulgieron al tiempo que arrojaba el cinturón al suelo—. Ya es bastante. Pobre, mira las marcas que te ha dejado el cinturón. Me encantan los dibujos que hacen en la piel. Se pueden leer muchas cosas…

Anne se acercó a las nalgas de Mary y pasó la lengua por ellas. La piel dolorida reaccionó al instante, Mary sintió un escalofrío y percibió el contraste del azote con la blandura y humedad del músculo. Volvió a gemir, a jadear, sin saber si lo que estaba haciendo estaba bien o mal, si se iba a ganar con ello otra azotaina o si iba a tener lo que quería. Anne le lamió el trasero y la espalda y escuchó que se desbrochaba el pantalón y se tocaba, así que supuso que de momento no le iba a caer ningún castigo.

—Date la vuelta —ordenó la capitana.

Mary se giró. Ahora sí que no podía ver las figuras en el espejo, pero Anne sí. Vio que echaba un vistazo complacido a su propia imagen, con los dedos moviéndose dentro del blanco pantalón, y posaba nuevamente la mirada sobre Mary. Sacó la mano de su coño y, sin desviar los ojos, se quitó el guante que aún llevaba puesto en la otra mano, cerciorándose de que se limpiaba bien con él los dedos mojados.

—¿Lo quieres? —Lo agitó delante del rostro de Mary y lo dejó caer.

Mary aspiró el olor del guante sobre su rostro, sin atreverse a tomarlo entre los dedos, y cerró los ojos. Aquel aroma profundo, a océano, era lo que más le gustaba en el mundo. Podría perderse en él mil veces. Pero casi, casi, le gustaba más el peso de la capitana sobre ella: aquella mujer que la acariciaba, la besaba, le chupaba los pezones con sus labios inquietos y deslizaba las manos por su cara, su cuello, los costados de su cuerpo... Sus ojos volvieron a encontrarse y Mary no pudo evitar tomar la cabeza de la pirata en sus manos para besarla. Chocaron los dientes, las lenguas, la saliva se mezclaba mientras jadeaban la una contra la boca de la otra sin poder parar de besarse. El hueso del pubis de Anne Bonny chocó contra el clítoris de Mary, que respondió abriendo las piernas. Se frotaron a caderazos, cada cual más violento que el anterior, haciendo crujir la cama, desplazando el colchón.

—Ese coño tuyo... —farfulló la capitana, rompiendo el beso—. Me encanta... Me vuelve loca... Nunca he querido tanto un coño ni a su poseedora...

Sin terminar de hablar, se deslizó hacia abajo y besó con fruición el camino desde el ombligo de Mary hasta su botón hinchado. Mary dejó que el jadeo se convirtiera en un sonido de puro placer, casi un grito, mientras Anne se hundía en sus pliegues. Lamió el espacio entre la vagina y el clítoris como si quisiera dejarlo limpio y después se centró en el protuberante nudo, metiéndoselo en la boca y chupándolo con verdadero abandono. Los dedos que habían estado dentro de la boca de Mary tocaron la entrada de su vagina y, sin previo aviso, se introdujeron en ella.

—Oh, sí, por favor —gimió Mary, que arqueaba la espalda y frotaba los pies contra las sábanas de la cama—. Métete dentro. Métete toda. Fóllame, fóllame así —suplicó mientras presionaba los muslos contra los lados de la cabeza de Anne.

Los dedos se metieron en su vagina hasta los nudillos y volvieron a salir. Pronto Anne se vio obligada a dejar de lamerla y la sujetó con fuerza mientras la follaba con los dedos, dentro y fuera, con una energía increíble. Mary buscó su sexo y la acarició sin dejar de mirarla, y pudo ver cómo los ojos verdes se volvían vidriosos y Anne Bonny respiraba con fuerza, mordiéndose el labio inferior. Estaba cerca, deliciosamente cerca. Pero Mary también, y su mirada se deshacía, su cuello se tensaba con cada embestida. Sus movimientos, sus gemidos, su placer, eran lo que más excitaba a la capitana; y era exactamente lo mismo al revés. Por eso, cuando Mary sintió por fin que no podía contener el orgasmo por más tiempo y que toda ella se consumía en una avalancha de oleadas, los ojos de Anne se convirtieron en dos líneas en su rostro y la capitana enterró el rostro en su hombro entre gritos. Resistieron, como quien resiste el envite del mar, dándole a la otra placer, centradas en lo que en ese momento era la tarea más importante del mundo, alargando el orgasmo propio y ajeno hasta que Mary no pudo más y estalló. O creyó que estallaba. Sintió que la humedad brotaba de su interior y que mojaba su cuerpo por todas partes.

—¿Estás llorando?

El rostro jadeante y sudoroso de Anne la contemplaba con preocupación. Ya sin fuerzas, se había dejado caer sobre su hombro y la apretaba contra sí. Una vez más, Mary sintió que temblaba sobre ella, quizás de placer, quizás de miedo.

—No lo sé —dijo Mary.

Anne la besó con ternura, muy despacio. A través de la ventana abierta penetraba el olor del mar y el ruido constante de las olas que chocaban contra el casco del barco. Cuando finalmente se apartaron, permanecieron con las piernas entrelazadas y las frentes juntas, como si quisieran compartir pensamientos.

Mary comenzaba a dejarse llevar de nuevo por el delicioso arrullo del sueño cuando alguien llamó con los nudillos a la puerta del camarote.

Se apartaron un poco y se miraron. Mary se arrebujó bajo las sábanas y la pelirroja dejó escapar un bufido. Se levantó (después de todo, estaba más vestida que Mary) y se arregló como pudo la camisa (después de todo, no podía ocultar lo que había estado haciendo). De tres zancadas tambaleantes, se acercó a la puerta y la abrió.

—¿Qué tripa se te ha roto? —preguntó cuando vio a su interlocutor.

John Barnet traspasó el umbral y fulminó a Mary con una mirada. Su vestimenta, si es que podía llamarse así, dejaba al descubierto los amplios músculos de su vientre y sus piernas. Llevaba algo parecido a un calzón de lana blanca rizada, con una borla en el trasero; un par de tirantes a punto de estallar de la tensión cruzados sobre el pecho; y una diadema en la cabeza de la que brotaban dos largas orejas blancas. Marcellesi se había molestado en añadir al conjunto un broche de color zanahoria.

—Los papeles de la fragata —dijo, al tiempo que rebuscaba en su calzón y le alargaba un pergamino enrollado—. El mulato y el nórdico los han encontrado.

—Gracias, John —respondió Anne Bonny con voz fría—. ¿No olvidas algo?

—¿El qué?

—En las bodegas, y especialmente en mi camarote, caminarás a cuatro patas. Si no lo haces así, serás severamente castigado.

Barnet murmuró una maldición y se arrodilló. Mary se esforzó por contener la risa mientras el marinero abandonaba la estancia con tanta dignidad como podía, con la borla del calzón moviéndose arriba y abajo sobre sus poderosas nalgas.

—¿Te divierte mi exmarido? —preguntó Anne Bonny.

Mary se estiró y le dedicó una sonrisa pícara.

—Hay que reconocer que buen gusto no te falta.

—Que sepas que, de no ser por ti, lo habría matado.

—¿Seguro? —dijo Mary, que encontró el guante olvidado entre las sábanas y lo estiró para pasárselo por detrás del cuello, frotándose contra él—. ¿Me dejarías sin el placer de contemplarte dando órdenes a alguien más? A mí el conejito me… entretiene. Algún día le pediré que venga a refugiar su rubio hocico entre mis piernas.

—Si haces eso —Anne recorrió con las negras botas la distancia que la separaba de Mary—, volveré a venderte. A algún dueño menos comprensivo.

Mary mordisqueó el guante.

—Mejor.

—Por Neptuno, eres incorregible. —La capitana le quitó la prenda de un manotazo y se arrodilló sobre ella en la cama—. ¿Es que no hay nada que te dé miedo?

Mary se rio y la abrazó.

—Después de haber domado a la capitana, pocas cosas pueden asustarme.

Agradecimientos

Este libro se completó una cálida noche de verano mientras la luna en el mar rielaba, en las cortinas gemía el viento y se alzaba en blando movimiento una botella de ronmiel. No habría sido posible sin Patricia Martín, que me animó a escribirlo, aunque después no pudiera publicarlo en la colección para la que fue pensado. No habría sido ni la mitad de bueno de no ser por María Gay, que corrigió minuciosamente los diálogos y las descripciones y entendió a la perfección su humor irreverente y desenfadado. No habría sido ni la mitad de atractivo sin las ilustraciones y la cubierta de Sara Pérez, que hizo este proyecto suyo y aportó nuevas ideas para los personajes. Y, quizás, no habría existido siquiera de no ser por Ricardo Cebrián, que leyó escena tras escena sin desfallecer en las ya mencionadas noches estivales y me ayudó a dar a luz un final algo menos sangriento del que estaba planeado. Te mereces un calafateado de barco entero con la lengua, pirata mío.

Próximamente

Si aún no os habéis hartado de las aventuras de Anne Bonny y Mary Read, podéis puliros el mástil con la próxima entrega:

¡SÍ, MI CAPITANA!

LA VENGANZA DEL REY TRITÓN

¡Más piratas!

¡Más soldados!

¡Más sirenas!…

¡Y muchos más collares de cuero!

www.editorialcafeconleche.com

www.dianagutierrez.net